AF388026

Matthias Behrens

Star Adventure

Otekah –
Das Sonnenmädchen

Bibliografische Information der Deutschen Nationalbibliothek:
Die Deutsche Nationalbibliothek verzeichnet diese Publikation in
 der Deutschen Nationalbibliografie, detaillierte bibliografische
Daten sind im Internet über dnb.dnb.de abrufbar.

Twentysix
Eine Marke der Books on Demand GmbH

© 2020 Matthias Behrens

Herstellung und Verlag:
BoD – Books on Demand, Norderstedt

ISBN: 978-3-740743079

„Es gibt keinen bequemen Weg, der von der Erde zu den Sternen führt.“

Zitat:
Lucius Annaeus Seneca (ca. 4 v. u. Z. bis 65 n. u. Z.), römischer Philosoph und Naturforscher

„Wenn es gut ist, dass die Welt besteht, so ist es nicht weniger gut, dass auch jede der unzähligen anderen Welten bestehen.“

Zitat:
Giordano Bruno(eigentlich Filippo Bruno, 1548 bis 1600)
italienischer Naturphilosoph, Priester, Dichter, Astronom

1.

Der blaue Planet Erde ist in seiner Schönheit nicht zu übertreffen. Vom Fenster der Kommunikationszentrale der Raumstation „Mississippi" sah der wachhabende Offizier Frank Silver auf diese einmalige Schönheit. Die Station lag nur 500km auf einem geostationären Punkt über Nordamerika. Es ist gerade die Zeit des Mondaufganges. Langsam schob sich der kleine graue Ball hinter der Erde vor. Es war wie immer ein erhabener Moment. Frank freute sich immer auf diese Schicht. Dieser Mondaufgang war fast so schön wie ein Erdaufgang auf dem Mond.

Ein Ruf weckte Frank aus seinen Träumen: „Raumschiff Oneida ruft die Station `Mississippi`. Raumschiff Oneida ruft die Station `Mississippi`."

„Hier ist die Station `Mississippi`, Wachhabender Frank Silver."

„Hallo Frank, hier spricht Jack Buchanan. Wie geht's? Wird es dir nicht langsam langweilig auf deiner Station?"

„Hi, Jack. Schön dich zu hören. Ist Blacky bei dir?"

„Nein. Sie hat sich etwas aufs Ohr gehauen. Sie war ein bisschen müde. Soll ich sie wecken?"

„Nein. Lass sie schlafen. Wann trudelt ihr hier ein?"

„In zwei Tagen. Bis bald."

„Bis bald. Ende."

Die zwei Tage vergingen sehr schleppend. Nichts passierte auf der Station. Alle gingen ihrer routinemäßigen Beschäftigung nach. Als dann der zweite Tag vorüber war, hatte wieder Frank Silver Dienst. Auf den Monitoren war nichts zu sehen vom Raumschiff „Oneida". Es müsste längst von den Scannern entdeckt worden sein. Aber nichts war zu sehen. 'Merkwürdig', dachte Frank, ‚wo sind sie nur?'.

„Hier Station ‚Mississippi'. Ich rufe das Raumschiff Oneida. Hier Station ‚Mississippi'. Ich rufe das Raumschiff ‚Oneida'."

Keine Reaktion. Es war nichts zu hören und nichts zu sehen. Frank rief seinen Vorgesetzten Commander Bill Buchanan. Dieser erschien sofort im Kontrollraum.

„Was ist los Frank?"

„Die ‚Oneida' meldet sich nicht. Sie ist auch auf den Scannern nicht zu sehen. Vor ein paar Stunden war sie noch da. Und jetzt ist sie einfach weg."

„Was heißt hier weg?"

„Na einfach weg. Nichts zu sehen, nichts zu hören."

„Das kann doch nicht sein!" Der Commander griff sich mit der linken Hand vor sein Gesicht.

Die Besatzung der „Oneida" waren Jack Buchanan, dem Commander sein ältester Sohn, und Otekah Black, Sie waren auf dem Heimflug vom Neptun. Sie hatten dort die Aufgabe, die oberen Gasschichten des Gasriesen zu untersuchen.

2.

Es war ein sehr sonniger Tag in Windhuk. Die Temperatur lag bei 41°Celsius. Der Januar im südlichen Afrika ist immer sehr heiß. Die Akkumulatoren liefen in den Häusern auf Hochtouren. Die Klimaanlagen schafften in allen Räumen eine angenehme Atmosphäre. Die Temperaturen lagen bei 28°Celsius. Die Akkus wurden durch einen Energiestrahl aus dem Orbit täglich neu aufgeladen. Es gab eine zentrale Empfangsstation in jedem Stadtbezirk. Von dort wurden dann die einzelnen Gebäude per Direktleitung versorgt.

Im kleinen Beratungsraum im Flachbau der Afrikanischen Astronautischen Union wurde zurzeit heftig diskutiert.

„Meine Damen und Herren, beruhigen Sie sich.", ein hochgewachsener Mann stand auf, „ich verstehe die Aufregung. Die Tatsache, dass es quasi vor unserer Haustür einen Zugang zu diesen Gravitationstunneln gibt, muss natürlich Konsequenzen haben. In erster Linie für unsere Sicherheit. Aber wir sollten mal auf dem Teppich bleiben. Die Insektaner wurden vertrieben und in ihrem System eingesperrt. Es besteht also zur Panik gar keine Veranlassung."

„Verehrter Dr. Miller. Sie sind unser Botschafter bei der Internationalen Weltraumbehörde. Ich bitte Sie aber um Entschuldigung, falls der Eindruck entstanden ist, dass wir Angst haben vor irgendwelchen Aliens. Dem ist nämlich nicht so.

Keiner von uns hat Angst. Wir wollen nur diese Tunnel gründlicher untersuchen. Immerhin muss auch noch das Zeitproblem untersucht werden. Außerdem wollen wir noch einmal nach dem verlorenen Schiff ‚Oneida' suchen. Vielleicht finden wir doch noch eine Spur.", sprach Dr. Khama, Direktor der Afrikanischen Astronautischen Union. Die anderen Teilnehmer dieser Beratung nickten beipflichtend.

„Wollen Sie wieder ein Schiff dorthin senden? Das Schiff ‚Oneida' ist seit Monaten verschollen. Die Amerikaner haben die Suche schon lange eingestellt. Wir sollten noch eine Weile warten. Schicken wir lieber eine unbemannte Sonde. Wir können unsere Freunde vom Kalpano auch kontaktieren."

Die meisten Anwesenden waren der gleichen Meinung. Also beschloss man, noch ein paar Tage zu warten. Plötzlich bebte die Erde. Ein starkes Rütteln war im Raum zu bemerken.

„Schon wieder ein Erdbeben. Gestern hatte die Erde in Kenia und Tansania gebebt. Genauso in Chile, Argentinien und auch in Neuseeland. Die Erde meint es im Moment nicht gut mit uns. Alle tektonischen Platten sind verstärkt in Bewegung. So schlimm war es noch nie.", sagte Dr. Miller.

„Seit das Eis der Antarktis immer mehr schmilzt, hebt sie sich. Der Eispanzer wird immer schwächer und leichter. In den letzten einhundert Jahren hat sich der Bentley-Subglazialgraben um elf Meter gehoben. Das

bringt alle tektonischen Platten rasch in Bewegung.
Wo soll das nur hinführen?", fragte Frau Al-Dhabi.

„Zurück zu unserem eigentlichen Problem, warum wir
es nicht noch einmal versuchen?", fragte Dr. Dumont.

„Ich habe nichts dagegen. Die Crew sollte aber
erfahren genug sein. Und es müssen Physiker an Bord
sein."

„Haben Sie jemand konkretes im Auge?", fragte Frau
Doktor Al-Dhabi.

„Ja. Ich denke, niemand ist so erfahren wie Frau
Mumba", Dr. Dumont wurde von Dr. Miller
unterbrochen.

„Sie wollen doch nicht etwa diese, ähm, verrückte
Namibierin wieder losschicken?", Dr. Miller
gestikulierte wild mit den Händen.

„Warum nicht? Keiner kennt sich besser aus. Zurzeit
ist sie unterwegs zu den Saturnringen. Sie holt von
dort neue Proben. Sie ist ganz bestimmt in der Lage,
sehr ernst und zielgerichtet Forschungen
durchzuführen.", sprach Dr. Dumont.

„Also, ich bin dagegen. Erst Recht nicht diese
durchgedrehte Person", sprach Dr. Miller.
Er war der Vertreter Westafrikas bei der
Afrikanischen Astronautischen Union. „Ich bin
überzeugt, dass sie gerade wieder über ihren
wissenschaftlichen Aufgaben sitzt.", sagte Dr.
Dumont. Er sagte dies ganz ruhig und schaute in die
Runde der anwesenden Wissenschaftler aus ganz
Afrika.

3.

„Hahaha, juchhe, so nun noch eine kleine Drehung. Heija, das macht Spaß. Das wollte ich schon immer mal versuchen.“, Corinna jauchzte vor Freude. Sie jagte gerade mit ihrem kleinen Shuttle zwischen großen und kleinen Felsbrocken hindurch.

„Pass auf! Bist du wahnsinnig?“, an Corinna ihrer Seite saß Samantha. Sie wurde gerade grün und blau im Gesicht. Corinna jagte wie eine Besessene in den Ringen des Saturns hin und her.

„Hey, hab dich nicht so. Das macht doch Spaß. Nur ein kleiner rasanter Flug. Sei kein Weichei. Dir stehen ja vor Angst die Haare zu Berge.“, entgegnete Corinna.

„Aber nicht aus Angst bei dieser Raserei, sondern ich passe nur meine Frisur der deinen an.“

„Meine Frisur ist der neueste Schrei.“

„Nein. Deine Frisur ist zum Schreien. Sie ist eine Mischung aus Warzenschweinborsten und Löwenmähne.“

„Hahaha.“, Corinna lachte vor Vergnügen und bewegte kurz die Finger über die Steuerkonsole. Im Augenblick ging die Geschwindigkeit des Shuttles zurück. Corinna lenkte nun den Shuttle hinaus aus den Ringen des Saturns und flog zurück zum Mutterschiff. Es lag unbemannt nur eintausend Kilometer außerhalb der Ringe. Sie koppelte den Shuttle an. Samantha und Corinna stiegen in das größere Schiff um und begaben sich zur Brücke.

„Hey. War das nicht toll? So einen Spaß hatte ich
schon lange nicht mehr.", sprach Corinna.

„Wenn Fred dich so sehen würde, wäre er
stocksauer. Wie kann man nur so leichtsinnig sein?",
Samantha schüttelte den Kopf und setzte sich ans
Steuerpult. Das Mutterschiff war kein großes Schiff.
Es hatte eine Brücke, ein Kabinett, zwei Kabinen,
einen großen Lagerraum für Vorräte und einen
Kopplungsraum für den Landeshuttle.

„Hast du die Proben gut verstaut?", fragte Corinna,
nun schon etwas ruhiger, Samantha.

„Ja natürlich. Ich habe sie im Lager gut
untergebracht. Auf der Marsstation werden sie
zufrieden sein."

„Sehr gut. Hast du auch so einen Hunger wie ich? Ich
könnte eine ganze Kuh essen.", sprach Corinna.

„Ich hatte mich schon gewundert. Ich wollte dich
schon fragen, ob du krank bist. Dass du gleich an
Fleisch denkst, war mir klar. Ich finde dies
unmoralisch. Ich esse lieber einen kleinen Salat.",
antwortete Samantha.

„Ein unmoralisches Steak ist mir lieber, als ein
moralischer Salat. Der Mensch ist seit Millionen von
Jahren in seiner Entwicklung ein Allesfresser
geblieben. Moral hin oder Moral her. Das ist nun mal
so. Von der Massentierhaltung, wie vor zweihundert
Jahren sind wir zum Glück weg. Die geklonten Steaks
sind genauso gut, wie die Steaks von geschlachteten
Tieren."

„Musst du wieder diese schaurigen Geschichten
erwähnen?", Samantha schüttelte sich.

„Was ist? Kommst du nun mit?", wollte Corinna nun
wissen und stand auf.

„Ich komme ja schon.", sagte Samantha und stand
auf.

Beide Frauen gingen in das Kabinett. Der
Nahrungsmittelautomat gibt auf Anfrage das
gewünschte Essen aus. Allerdings ist auf so einem
kleinen Schiff die Auswahl sehr begrenzt.

Corinna ging zum Automaten und sprach: „Ein
Rindersteak Medium, Erbsengemüse und
Bratkartoffeln, dazu ein deutsches Pilsener."

Die schnarrende Antwort des Automaten kam
prompt: „Keine Bratkartoffeln!"

„Dacht ich mir. Dann nehme ich normale
Salzkartoffeln."

Nach ein paar Sekunden Wartezeit ging eine Klappe
auf und das bestellte Gericht stand bereit.

Nun war Samantha an der Reihe: „Einen
Tomatensalat und ein Toastbrot."

Ohne Widerspruch ging die Klappe auf und das
Gewünschte stand bereit.

„Tja, genügsame, bescheidene Menschen bekommen
was sie wollen.", sagte Samantha zu Corinna und
lächelte etwas verschmitzt.

„Ich muss mal mit der Raumfahrtbehörde sprechen.
Sie dürfen das Essen nicht nur für Hungerrippen
machen, sondern auch für Wohlgenährte. Mich

wundert es nur, dass es hier ein gutes deutsches Pilsener gibt.", sagte daraufhin Corinna und ging zum Tisch.

Corinna und Samantha ließen sich ihr Essen schmecken. Corinna schmatzte dabei deutlich und sprach dabei genüsslich: „Wunderbar, einfach wunderbar. So ein Steak ist wirklich ein Genuss."

„Schmeckt es?", fragte Samantha

„Ausgezeichnet.", Corinna nickte.

„Man kann es hören.", sagte darauf Samantha.

Nach dem Essen begaben sich beide wieder auf die Brücke. Sie sahen aus dem Fenster. Vor ihnen lag der Saturn. Die Ringe waren dabei deutlich mit ihren faszinierenden Strukturen zu sehen. Majestätisch lag er vor ihnen. Beide sahen dies nicht zum ersten Mal, aber es war immer wieder ein erhabener Moment.

„Es ist einfach fantastisch dieser Anblick. Schöner als der Jupiter, finde ich.", sprach Samantha.

„Du hast Recht. Gleich geht der Titan auf. Wir werden dort sicher schon auf der Bodenstation erwartet.", sagte Corinna.

„Mit Sicherheit. Sie werden schon auf unsere Proben warten." sprach Samantha.

Dann gibt sie den Kurs ein und starte die Triebwerke. "Lassen wir sie nicht zappeln."

Es ging ein leichtes Vibrieren durch das Schiff. Langsam, aber immer schneller werdend, flog das Schiff in Richtung des aufgehenden Mondes. Seit man im zweiundzwanzigsten Jahrhundert in einem

eisfreien See unter einer dicken Schicht von
Wassereis bakterienartige Lebewesen gefunden
hatte, gibt es auf dem Saturnmond eine ständig
bemannte Station. Dies war damals eine Sensation.
Anderes Leben war bis dahin noch nicht entdeckt.
Nur einige fossile Spuren im Marsgestein fand man.

Der Flug zum Titan dauerte nur eine halbe Stunde.
Samantha rief die Bodenstation: „Hallo Titanstation
‚Ziolkowski‘, hier Samantha Brown vom Shuttle
‚Antares‘. Wir sind bereit zur Landung.“

„Hier ist die Station ‚Ziolkowski‘, Wachhabender
Stepan Horak. Alles klar ‚Antares‘. Habt ihr die
Proben?“

„Ja. Wir haben mehrere Kilogramm. Hoffentlich
könnt ihr was damit anfangen.“

„Wird schon. Der Landeplatz ist frei. Ihr könnt landen.
Aber ihr müsst euch mit dem Ausladen beeilen. Wir
erwarten einen Transporter vom Mars. Er kommt von
der Orbitalstation Mars 2. Ihr kennt ja die kleine
Station. Er wird auch dort wieder andocken. Am
gleichen Tag geht dann ein Shuttle zur Marsstation
`Philadelphia`. Wenn ihr wollt, könnt ihr mit ihm
zurückfliegen und müsst nicht noch vier Tage auf den
geplanten Rückflug warten.“

„Ausgezeichnet.“

Die Landung verlief komplikationslos. Die Landungen
auf Titan sind immer noch eine Herausforderung. Der
atmosphärische Druck ist viel höher, als auf der Erde.
Im Gegensatz dazu ist die Schwerkraft viel geringer.

In der Station gab es ein künstliches Schwerefeld.
Auch musste man noch die Landefähren im
Raumanzug verlassen und durch eine Luftschleuse die
Station betreten. Das war ziemlich zeitaufwendig.
Nach dieser Prozedur war man endlich in der Station.
Mitarbeiter der Station holten die Ladung aus dem
Shuttle. Die Probenbehälter waren nach einer Stunde
ausgeladen. Der Shuttle wurde schnell in den Hangar
geschoben. Schon meldete sich der Transporter vom
Mars.

Corinna und Samantha saßen in der kleinen Cafeteria
der Station und tranken einen Cappuccino. Da trat zu
ihnen der Wachhabende Stepan Horak.

„Das Transportschiff ist gelandet. Es lädt nur noch
unsere Waren aus, dann fliegt ihr zurück. Sie wollen
wissen, ob ihr nun mit fliegt oder nicht.", sprach er zu
den zwei Frauen.

Corinna sah zu Samantha, und als diese zustimmend
nickte, sprach sie: „Wir kommen mit. Die Kabinen in
Frachtern sind zwar nicht sehr groß, aber immer noch
besser als hier auf Titan. Und außerdem sehen wir
unsere Männer dadurch etwas eher."

„Gut. Dann seit in zwanzig Minuten in der
Luftschleuse."

„Okay."

Der junge Mann entfernte sich. Corinna und
Samantha tranken noch gemütlich ihren Cappuccino
aus und gingen dann zu ihren Stationsräumen, um
ihre persönlichen Sachen zu holen. Das Packen

dauerte bei beiden nicht sehr lange. Sie hatten beide nicht allzu viel auf diese Mission mitgenommen. An der Luftschleuse trafen sich die beiden wieder.

„Ich bin froh, dass es wieder zurückgeht. Auf dem Mars werde ich mir erst einmal meine Haare schneiden lassen.", sprach Corinna.

„Das wird aber auch Zeit.", Samantha nickte zustimmend.

„Auch wird es schön sein, wieder in einem normalen Bett zu schlafen. Wenn auch die Schwerkraft auf dem Mars geringerer ist, als auf der Erde."

Es läutete plötzlich schrill. Ein rotes Licht leuchtete auf. Dies zeigte die Öffnung der Luftschleuse an. Als die Schiebetüren sich lautlos öffneten, gingen die beiden Frauen hinein. Nun schlossen sich die Türen wieder. In der Schleuse hingen ein paar Raumanzüge. Nachdem Corinna und Samantha ihre Anzüge angezogen hatten, öffneten sie die Luftschleuse. Der Transporter stand nur zwanzig Meter entfernt auf dem Landeplatz. Sie bemerkten sofort, dass außerhalb der Station keine künstliche Schwerkraft vorherrschte. Durch die geringe Schwerkraft des Titans war es trotz der schweren Raumanzüge leicht zum Transporter zu kommen. In fünf Sprüngen waren sie dort und betraten sofort die Luftschleuse des Transporters. Dort entledigten sie sich schnell ihrer Anzüge und gingen hinein. Am Eingang erwartete sie schon der Kommandant des Transporters.

„Hallo. Mein Name ist Björn Olson. Ich bin der Kommandant des Transportschiffes ´Marco Polo´. Mit mir sind vier Besatzungsmitglieder an Bord. Bitte folgen sie mir. Sie können im Kabinett Platz nehmen."

Der Kommandant öffnete eine Tür gegenüber der Schleuse. Sie betraten den Raum. Er war sehr schlicht eingerichtet. Die Wände waren in einem einfarbigen Grau. Ein paar Bilder mit Landschaften der Erde hingen an den Wänden. Im Raum standen drei Tische mit je vier Stühlen. Zwei große Fenster gegenüber der Eingangstür gestatteten einem Blick nach draußen. An der linken Seite war der Nahrungsmittelautomat. Der Fußboden war einfarbig hellblau.

„Bitte nehmen Sie Platz. Können Sie mit solchen Automaten umgehen?", fragte Kommandant Olson.

„Kein Problem.", antwortete Samantha.

„Schön.", sprach Olson. „Dann muss ich mich jetzt erst einmal verabschieden. Wir starten in zwanzig Minuten. Falls Sie mich brauchen, rufen Sie mich über den Bordfunk. Ich gebe Ihnen Bescheid, wenn wir starten. Sie müssen dann zur Brücke kommen. Während des Starts und der Landung darf keiner im Kabinett sein." Der Kommandant drehte sich um und verließ den Raum.

Corinna sah zu Samantha und sprach: „Ich finde, dass diese Transporter viel zu spartanisch eingerichtet sind. Auch die Technik ist sehr veraltet. Bordfunk! Wie altertümlich."

„Was soll's. Wir sind heute Abend auf dem Mars. Wir werden es aushalten.", antwortete Samantha.

„Willst du was essen und trinken?", fragte Corinna.

„Danke, mir reicht ein Wasser.“

„Gönn dir bloß nicht zu viel. Du könntest ein Gramm zunehmen.“

Samantha schaute Corinna mit einem Lächeln an.

„Ja ich weiß, immer die gleiche Leier. Ich hör ja schon auf.“, sagte daraufhin Corinna.

Ein leichtes Zittern ging durch das Schiff. Durch den Bordfunk meldete sich Kommandant Olson: „Wir starten gleich. Bitte kommen Sie vor auf die Brücke. Einfach den langen Gang entlang. Am Ende des Ganges ist die Brücke.“

Corinna schaute Samantha an und ging dabei zur Tür. Sie öffnete diese und ging zur Brücke. Samantha folgte ihr. Als sie eintraten deutete der Kommandant auf ein paar freie Plätze. Die beiden Frauen nahmen Platz.

„Steuermann, starten Sie.“, befahl Kommandant Olsen.

Ein leichtes Zittern ging durch das Schiff. Langsam erhob es sich. Am Horizont sahen sie die schroffen Berge. Am Himmel zogen Methanwolken über ihnen hinweg.

„Mit den alten Raketentriebwerken hätten wir jetzt einen gewaltigen Knall verursacht.“, Olson drehte sich zu den Frauen um und lachte leise. „Nun ja, Steuermann, wenn wir im Orbit sind nehmen sie Kurs zum Mars auf.“

„Eye, Eye, Käpt’n.“, antwortete der Steuermann.

Nach fünf Minuten war der Orbit erreicht. Nach einer halben Umrundung des Mondes drehte das Raumschiff ab und verließ den Orbit.

„Miller, wie sind die Energiewerte?", fragte der Kommandant.

„Die Frequenz der Mikrowellen ist stabil. Alles ist im Normbereich.", antwortete der Steuermann.

„Okay, setzten sie den Mikrowellenantrieb auf vollen Schub und dann ab nach Hause."

„Eye, eye Käpt'n."

4.

Die Zeit im Transporter schlich. Er war für Passagiere nicht gebaut. Die zwei Frauen schauten sich während des Fluges aktuelle Bilder von der Erde an. Corinna hatte eine interessante Nachricht entdeckt: „Hier Sam. Das wird dich interessieren. Sie wollen einen Tunnel bauen, welcher Australien mit Neuseeland verbindet."

„Das wird auch Zeit. Es ist manchmal schauderhaft, wenn so viele Gleiter zwischen Australien und Neuseeland hin und her schwirren. Es gibt jedes Jahr Unfälle."

„Und hier. Diese Nachricht ist auch interessant. Es soll...", Corinna wurde durch ein Signal unterbrochen.

„Die Passagiere werden zur Brücke gebeten. Wir nähern uns dem Mars.", tönte es aus dem Lautsprecher.

„Also Sam, komm wir gehen.", sprach Corinna.

Die beiden Frauen gingen zur Brücke und nahmen auf ihren Sitzen Platz. Durch das Fenster sahen sie schon den Mars und die Station Mars 2. Die Station Mars zwei war nur eine kleine Station. Von hier aus wurden die Wettersatelliten überwacht. Ab und zu machten auch Transporter halt, um Passagiere abzusetzen. Diese konnten dann von der Marsoberfläche mit einem Shuttle abgeholt werden. Ein regelmäßiger Verkehr mit Transportern und größeren Raumfähren fand nicht statt.

Der rote Planet leuchtete vor ihnen in seiner ganzen Pracht. Deutlich war der erloschene Vulkan Mount Olympus zu sehen, der größte Vulkan des Sonnensystems. Corinna und Samantha konnten es kaum erwarten. Endlich waren sie da.

„Käpt'n, wissen sie auf dem Mars Bescheid, dass wir mit an Bord sind?", fragte Corinna.

„Ja, eure Ankunft wurde mitgeteilt. Das Shuttle zur Oberfläche...", der Kommandant wurde jäh unterbrochen, als der Steuermann plötzlich aufschrie und zur Station zeigt. Helle Blitze stießen aus der Station. Es waren deutlich Explosionen zu sehen. Die gesamte Station zerbarst in unzählige Teilchen. Alle im Schiff waren total erschrocken. Corinna schrie auf. Samantha hob erschüttert die Hände.

Der Kommandant fasste sich als erstes und rief zum Steuermann: „Miller, wurden Rettungskapseln gestartet?"

„Nein Käpt'n. Es ist nichts zu sehen.", antwortete Miller.

Der Kommandant drückte den Funkschalter und rief: „Hier Transporter ´Marco Polo`. Marsstation `Philadelphia` bitte melden. Wir haben soeben eine Explosion auf der Station Mars zwei beobachtet."

„Hier Station ´Philadelphia`. Wir haben dies auch bemerkt. Konnten Rettungskapseln gestartet werden?"

„Nein. Die Station existiert nicht mehr. Es sind nur noch Trümmer zu sehen. Wie viele Leute waren in der Station? Was sollen wir machen?", sagte aufgeregt der Kommandant.

„Zurzeit waren es Dreizehn. Scannen sie die Umgebung. Übermitteln Sie uns dann die Ergebnisse des Scans. Fliegen Sie anschließend zur Station Mars eins. Wir werden sie anmelden. Wir informieren auch die Erde. Ende."

Der Kommandant drehte sich um und sah die Frauen an. Corinna und Samantha waren immer noch fassungslos.

„Dreizehn Leute.", sprach Corinna leise. „Was war dort nur passiert? Was kann eine solche Explosion nur auslösen?"

„Eine solche Station hat auch nicht viel Treibstoff an Bord.", sagte Samantha.

Unterdessen gab der Kommandant dem Steuermann den Befehl zum Scannen der gesamten Umgebung. Man konnte fast nichts feststellen. Die Station zerbarst in kleinste Teile. Die meisten Teile waren mikroskopisch klein. An der Stelle der Station war jetzt nur noch eine Molekülwolke. Was konnte eine solche Explosion nur auslösen? Für alle war dies ein unerklärliches Ereignis. Als der Scann abgeschlossen war, setzte sich das Raumschiff wieder in Bewegung mit dem Ziel Station Mars Eins. Der Flug dauerte nicht sehr lange. Schon nach ein paar Minuten sahen sie die Station.

„Hier Transporter ‚Marco Polo'. Erbitten Erlaubnis zum Andocken.", meldete der Kommandant.

„Erlaubnis erteilt.", tönte es aus den Lautsprechern.

„Miller, Manövriertriebwerke und langsam andocken.", befahl der Kommandant.

„Okay.", kam die Antwort vom Steuermann.

Ganz langsam näherte man sich der Station. Das Andocken selbst war kaum zu spüren. Nur ein sehr leichtes Vibrieren ging durch das Schiff. Die Station Mars eins war wesentlich größer, als die Station Mars zwei. Hier landeten regelmäßig Raumfähren von den Erdstationen und von der Marsstation. Auch machten hier Transporter halt, welche zu den äußeren Planeten und ihren Monden unterwegs waren. Die Station Mars Eins bot fast so viel Komfort wie die großen Stationen im Orbit der Erde. Für einen Zwischenaufenthalt standen Zimmer zur Verfügung. Es gab ein kleines Bistro. Auch ein automatischer

Frisörroboter war an Bord. Es gab auch noch einen kleinen Wellnessbereich mit Jacuzzi und Duschen.

Die Frauen und der Kommandant standen auf und gingen zur Schleuse.

„Bleiben sie lange auf der Station?", wollte der Kommandant wissen.

„Nein. Wir wollen so schnell wie möglich zur Marsstation ‚Philadelphia'. Unsere Lebensgefährten warten dort schon auf uns. Wir haben sie schon eine Weile nicht mehr gesehen. Erst waren sie auf einer geologischen Expedition auf der Ceres, dann waren wir in den Saturnringen. Beziehungen zwischen Raumfahrern sind manchmal etwas kompliziert. Man muss viel Geduld bewahren.", sagte Corinna.

„Wir werden sicher länger bleiben müssen. Die Daten von der Explosion werden jetzt überspielt. Vielleicht wird man uns auch noch befragen. Kann auch auf Sie noch zukommen.", sagte der Kommandant Olson.

„Naja, wir werden es sehen. Wir bleiben ja ein paar Tage hier auf dem Mars. Also Kommandant, machen sie es gut. Vielleicht fahren wir irgendwann wieder zusammen.", sprach Corinna.

„Ja, vielleicht. Ich fahre verschiedene Routen im Sonnensystem. Ich habe mich beworben für die ersten stabilen Handelsrouten durch das Tunnelsystem. In einem halben Jahr könnte es soweit sein. Ich hoffe, dass es klappt. Also alles Gute."

Corinna und Samantha gingen durch den Schleusengang in den Empfangsraum für Passagiere.

Nachdem sie dem Sicherheitsoffizier ihre Papiere zeigten, gingen sie zu einer Sitzgruppe. Die Wände dieses großen Empfangssaales waren in einem angenehmen gelblichen Ton gestaltet. Es hingen dort auch Bilder mit den verschiedensten Motiven von Landschaften der Erde. Ein großer Holoschirm zeigte die neuesten Sportereignisse der Erde. Zehn Sitzgruppen aus bequemen Sesseln standen im Saal. Hier konnten sich Reisende erholen und etwas entspannen. Hier befanden sich auch ein kleines Bistro, Erfrischungsräume mit Duschen, ein Frisör und ein Aussichtsfenster mit Blick auf den Mars.

„Wollen wir eine Kleinigkeit essen?", fragte Corinna.

„Ich will wirklich nur eine Kleinigkeit.", antwortete Samantha.

„Gut.", Corinna stellte ihre Tasche auf einen Sessel und ging zum Bistro. Samantha folgte ihr.

An der rechten Seite war eine Speise- und Getränkekarte angebracht. Daneben war ein Ausgabeschacht. Die beiden Frauen lasen sie ausgiebig durch. Als sie eine Wahl getroffen hatte, sprach Corinna in die Lautsprecheröffnung: „Eine Currywurst mit Kartoffelspalten und einen Stachelbeersaft."

Nach einer halben Minute öffnete sich der Schacht und das gewünschte erschien.

Samantha war wie immer bescheiden: „Einen Salatteller und einen Orangensaft." Ihr Essen erschien schon nach fünfzehn Sekunden.

Corinna und Samantha gingen zu ihren Sesseln und setzten sich. Schweigend nahmen sie das Essen zu sich. Sie mussten beide noch an das Geschehene denken.

„Es ist furchtbar. Wie kann so etwas nur passieren? Man hat vorher nichts gesehen. Kein Meteor, keine erhöhten Strahlenwerte. Einfach nichts. Und plötzlich diese Explosion.", Samantha schüttelte den Kopf.

„Ja einfach schlimm. Aber man wird es schon herausfinden. Es wird natürlich eine genaue Untersuchung geben."

„Das ist klar. Es werden sicher auch Experten von der Erde hierherkommen. So einen Zwischenfall hat es schon sehr lange nicht mehr gegeben. Ich kann mich zumindest nicht an so etwas erinnern."

„Das letzte Ereignis, dass ich kenne, ist die Explosion eines Transporters im Asteroidengürtel vor einundzwanzig Jahren. Die Ursache konnte nie festgestellt werden. Wie hier, ist er einfach so explodiert. Eigenartig." Corinna schaute nachdenklich.

„Es gab doch damals sicher eine Untersuchung?", fragte Samantha

„Ja, natürlich. Aber die Raumfahrt war noch nicht wo weit wie heute. Es dauerte eine Woche, bis ein Raumschiff an der Unglücksstelle war. Man fand noch einige wenige Trümmerteile. Aber man konnte nichts feststellen.", antwortete Corinna.

Schweigend aßen sie weiter ihr Essen. As sie fertig waren, sagte Corinna: „Ich werde jetzt noch zum Frisörautomaten gehen. Es wird nicht lange dauern."

„Ich werde mich inzwischen etwas frisch machen" sagte Samantha.

„Das mache ich dann auch noch.", erwiderte Corinna und ging in Richtung Automat. Eine Tür öffnete sich und Corinna trat ein.

Samantha ging inzwischen zum Wellnessbereich. Sie genoss die Dusche in vollen Zügen. Minutenlang ließ sie das warme Wasser laufen. Es war auch schon eine Weile her, als sie das letzte Mal unter der Dusche stand. Nachdem sie das Wasser abgestellt hatte, betätigte sie den Trockner. Eine Welle warmer Luft umgab ihren ganzen Körper. Als sie die Duschkabine verließ und sich ankleidete, kam Corinna herein. Samantha schaute sie an und musste lächeln.

„Was ist?", fragte Corinna.

„Kürzer ging es wohl nicht?", fragte Samantha.

„Ha, ha. In der Kürze liegt die Würze.", sagte Corinna nur. Sie hatte ihre Haare auf nur einige wenige Millimeter kürzen lassen.

„Na, wenn du meist. Ich gehe noch einmal zum Bistro. Ich trinke noch einen Kaffee.", erwiderte Samantha nur.

„Mach das. Ich beeile mich."

„Okay. Wir treffen uns an der Shuttlerampe in einer halben Stunde.", sagte Samantha.

Inzwischen legte das Shuttle vom Mars an. Die Passagiere stiegen aus und der Shuttle wurde für den Rückflug fertig gemacht. Die Shuttles waren nur einfach eingerichtet. Der Flug dauerte auch nur eine Stunde. Es gab auch nur einen Piloten. Es war ein Mitarbeiter der Marsstation. Zweimal am Tag flog er dem Shuttle vom Mars in die Orbitalstation. Ansonsten war er als Techniker auf dem Mars tätig. Auf dem Mars selbst lebten zurzeit etwa zweihundert Menschen. Die Meisten waren für das Terraforming tätig. Dieses Projekt sollte nach fünfzig Jahren beendet sein. Es war eins der aufwendigsten Projekte der Menschheit. Die ersten Versuche mit Bakterien und Algen verliefen sehr erfolgreich. Fred Kleinschmidt und John York, die Lebensgefährten von Corinna und Samantha arbeiteten an diesem Projekt mit.

Als alle Passagiere von Bord waren, stieg auch der Pilot aus und inspizierte kurz den Shuttle. Es schien alles in Ordnung. Da tippte ihn jemand auf die Schulter. Erschrocken drehte er sich um und sprach: „Oh Mann, Samantha. Hast du mich erschreckt."

„Hallo Oleg. Tut mir leid. Das wollte ich nicht. Wie sieht es aus? Ich hoffe, dass bei euch unten alles in Ordnung ist."

„Alles bleibt bestens. Kommt Corinna auch noch. Ich soll euch beide abholen."

„Sie muss jeden Moment kommen."

„Ich soll euch gleich zur Außenstation im Ma`adim Vallis bringen. John und Fred sind dort. Allerdings ist dort jetzt Nacht. Wir hatten euch etwas später erwartet."

„Wir wollten auch erst nächste Woche kommen. Aber dieser Transporter nahm uns mit. Allerdings wären wir aber schon vor einigen Stunden gekommen. Durch die Explosion sind wir etwas später dran."

„Ja, furchtbare Sache. Eure Männer werden schon schlafen. Sie waren fast zwanzig Stunden im Außeneinsatz in den Algenfeldern im Canyon."

Sie hörten hinter sich Schritte. Corinna betrat die Rampe. Oleg schaute etwas ungläubig zu ihr und sprach: „Mensch Corinna. Mit deinen kurzen Haaren habe ich dich fast nicht erkannt."

„Hallo Oleg. Tja, immer mal wieder was Neues.", erwiderte Corinna.

„Du weißt doch Oleg, Corinna liebt Veränderungen.", sprach Samantha.

„Ja, ja, immer das Gleiche mit ihr. So, nun steigt ein. Es kommt niemand weiter. Wir können los.", Oleg zeigte zur Eingangstür.

Der Flug zur Außenstation dauerte nur ein wenig länger, als zur Hauptstation.

Als sie landeten waren nur einige Positionslichter in Betrieb. Die Station selbst lag im Dunkeln. Nur im Bereitschaftsraum war Licht. Gleich nach der Landung gingen Corinna und Samantha hinein. Oleg blieb im Shuttle. Er wollte gleich zur Hauptstation fliegen.

Corinna und Samantha traten in den Bereitschaftsraum. Dort hatte James Buchanan gerade Dienst. Er erwartete die Frauen bereits. Die Begrüßung fiel herzlich aus.

„Hallo James. Lange nicht gesehen. Wie geht es dir? Du musst also heute Nachtwache schieben.", sprach Corinna.

„Mir geht es gut. Einer muss ja nachts wach bleiben. Ich werde eure Männer wecken.", sprach Buchanan.

„Nein, nein. Lass sie schlafen. Wir wollen uns auch nicht lange hier aufhalten. Wir sind nämlich auch etwas müde.", beeilte sich Corinna zu sagen.

„Alles klar. Dann geht zu euren Beiden. Ihr kennt euch ja hier aus. Gute Nacht.", sagte James Buchanan.

„Gute Nacht.", sagten Corinna und Samantha und gingen.

Auf dem Gang trennten sich beide. John sein Zimmer lag auf der rechten Seite und Fred sein Zimmer lag auf der linken Seite des Ganges.

Langsam und ohne zu Klopfen betrat Corinna das Zimmer. Sie bemühte sich ruhig zu sein. Sie wollte Fred auf keinen Fall wach machen. Sie zog sich vorsichtig aus und kroch in sein Bett.

„Huch…", Fred schreckte nun doch auf. Er suchte den Lichtsensor und machte das Licht an.

„Überraschung.", Corinna umarmte und küsste ihn.

„Was? Äh, Corinna, Du? Man sollte mich doch wecken, wenn du kommst.", Fred war noch ganz verdattert.

„Ich habe zu James gesagt, dass er dich nicht wecken soll. Ich wollte dich überraschen.“, Corinna küsste ihn noch einmal und lachte.

„Das ist dir gelungen. Aber jetzt wollen wir schlafen. Morgen wird ein anstrengender Tag.“, sprach Fred.

„Was? Du willst schlafen? Ich weiß was viel besseres.“, sagte Corinna und legte sich auf Fred und küsste ihn. Fred umarmte sie und strich ihr sanft über den Rücken.

5.

Corinnas Augen waren angsterfüllt. Sie sah plötzlich viele Insektaner auf sich zu kommen. Einer zückte eine Waffe und schoss auf sie. ‚Was ist hier los‘ dachte sie. ‚Wo bin ich? ‘. Der Schuss des Insektaner traf sie nicht. Corinna lief weg. Sie sah einen großen Felsen. Dahinter versteckte sie sich. Leider hatte sie keine Waffe. Sie musterte die Umgebung und sah einen Wald mit dichtem Unterholz. ‚Dort kann ich mich sicher verstecken‘, dachte sie und rannte davon. Im Wald angekommen, hörte sie ein schleifendes Geräusch, was ihr bekannt vorkam. Sie drehte sich um und sah einen Insektaner direkt vor sich. Dieser ergriff sie mit zwei Armen und würgte sie. Corinna versuchte sich loszureißen. Aber es gelang ihr nicht. Sie versuchte um sich zu schlagen, vergeblich. Der Insektaner würgte immer stärker. Corinna schrie auf und schlug um sich. Plötzlich schreckte sie hoch und blickte um sich. Es war plötzlich stockdunkel. Wieder plötzlich ein Licht und neben ihr sah sie das Gesicht von Fred.

„Corinna, ganz ruhig, ganz ruhig. Ich bin es Fred!"

„Was, wo bin ich?"

„Du hast geträumt. Du bist bei mir. Nichts geschieht dir."

„Oh Fred. Ich hatte einen schrecklichen Traum. Insektaner verfolgten mich und wollten mich töten."

„Beruhige dich. Warte, ich hole dir etwas zu trinken." Fred stand auf und holte Corinna ein Glas Mineralwasser. Corinna trank ein paar Schlucke und holte dann tief Luft.

„Schlaf jetzt. Wenn etwas ist, weck mich auf.", sagte Fred und gab Corinna einen Kuss. Corinna machte die Augen zu und schlief ein. Der Rest der Nacht verlief ruhig.

Als am nächsten Morgen Corinna aufwachte, war Fred schon munter.

„He, Schlafmütze. Aufgewacht und mitgemacht.", rief Fred.

„Oh Mann, war das eine Scheißnacht. So einen blöden Traum hatte ich schon lange nicht mehr.", sagte Corinna.

„Das glaube ich. Geh jetzt duschen und zieh dich dann an. Wir gehen doch zusammen frühstücken, oder?", fragte Fred.

„Natürlich gehen wir zusammen. Danach muss ich aber zur Kommandozentrale. Ich muss schließlich berichten, was wir gesehen haben. Die Explosion auf der Station war schrecklich. Wie konnte so etwas nur passieren?“

„Ja, schlimme Sache. Ich war gerade auf einer Außenmission in den Algenfeldern, als die Nachricht uns erreichte. Furchtbar.“

„Ja, sehr schlimm.“ Sie drehte sich um, ging an den Schrank, schnappte sich ein Handtuch und ging duschen.

Das angenehm warme Wasser lief ihrem Körper hinunter. Es war sehr prickelnd. Sie schloss die Augen und sah plötzlich wieder einen Insektaner vor sich. Völlig erschrocken machte sie die Augen auf.

‚Mann, ich drehe langsam durch. ‘, dachte sie.

Corinna ging aus der Dusche und trocknete sich ab. Dabei summte sie einen alten Schlager.

Fred kam herein und sagte erstaunt: „Nanu, das machst du doch sonst nicht.“

„Ich muss mich ablenken. Ich schloss vorhin die Augen und sah wieder einen Insektaner vor mir. Diese Träume regen mich auf.“

„Soll ich mal mit Doktor Weber reden? Er kennt bestimmt einen guten Arzt, der dir helfen kann.“

Doktor Weber war der Arzt dieser Marsstation. Er war schon seit zwanzig Jahren hier.

„Nein. Lieber nicht. Ich möchte keinen Seelenklempner. Ich brauche niemanden, der in meinen Gedanken herumwühlt.“

„Es soll ja keiner in deinen Gedanken herumwühlen. Vielleicht finden sie diese Gedanken in deinem Gehirn und können sie löschen.“

„ Nee, nee. Lass mal. Es gab auch schon genügend Unfälle mit diesen Löschungen. Dann löschen sie das Falsche und ich fühle mich anschließend als wäre ich nicht mehr ich, sondern irgendjemand anderes.“

„Du hast Recht. Ich möchte auch niemand anderes küssen. Das wäre ja schlimm. Deine Küsse schmecken mir immer noch am besten. Allerdings wäre der Mund immer noch derselbe.“

„Das möchte auch so bleiben. Und meine Gedanken auch.“, sagte Corinna und gab Fred einen Kuss.

„Komm, wir gehen erst einmal frühstücken.“, sagte dann Fred.

Corinna und Fred gingen aus ihrem Appartement in Richtung Cafeteria. Dort nahmen alle Bewohner dieser Marsstation ihre Mahlzeiten ein. Sie war groß und geräumig und hatte eine angenehme Atmosphäre. In der Küche wurde sogar noch selbst gekocht. Dies war nicht auf jeder Außenstation der Menschheit so.

Als sie Platz nahmen, klingelte Corinna ihr mobiles Holophone. Sie stellte ihr Handteller großes Holophone auf den Tisch und nahm den Ruf entgegen. Auf dem Tisch erschien eine etwa dreißig Zentimeter große Person.

„Dr. Libasse Dumont. Na da schau her. Was kann ich für Sie tun?", fragte Corinna.

„Hallo Corinna. Ich muss Sie dringend sprechen. Was machen sie gerade und wo sind sie gerade?", fragte Dumont.

„Ich bin auf dem Mars und frühstücke." Corinna lachte.

„So meine ich es nicht, sondern haben sie gerade eine Aufgabe. Soviel ich weiß, sind sie gerade zurück von ihrer Expedition einer weiteren Vermessung des Kuipergürtel."

„Nein, ich war gerade bei den Saturnringen. Und nun mache ich Ferien mit meinem Mann. Es gibt auch noch etwas Anderes außer Arbeit."

„Ja, da haben sie ja Recht. Aber, wir brauchen Sie. Es hat aber auch noch ein paar Tage Zeit."

„Was heißt ein paar Tage, und um was geht es überhaupt?"

„Wir wollen die Singularität weiter untersuchen. Immerhin ist auch noch ein Raumschiff dort verschollen."

„Sie meinen die ‚Oneida'?"

„Ja, genau."

„Die Amerikaner haben die Suche doch schon längst aufgegeben. Was können wir da tun? Und was sagen unsere Freunde von Kalpano?"

„Das ist auch so eine Sache. Wir haben seit drei Wochen nichts mehr gehört von Kalpano. Der Planet schweigt, obwohl wir eine wöchentliche gegenseitige Information vereinbart haben. Aber, das habe ich nur Ihnen jetzt gesagt. Von der AAU weiß noch keiner davon, nur Präsident Khama."

„War Regina noch auf Kalpano?"

„Wir wissen es nicht. Der letzte Kontakt mit Ihrer Freundin ist auch schon vier Wochen her. Wir machen uns große Sorgen."

Corinna schaut zu Fred. Der sagte leise zu ihr: „Dann musst du fliegen. Wer weiß, was passiert ist."

Corinna überlegte kurz und sprach: „Gut, Libasse, ich werde fliegen. Was ist für ein Schiff bereit?"

„Ich wusste, dass ich auf Sie zählen kann. In zwei Wochen können Sie mit dem Raumschiff ‚Aminata' losfliegen. Es wird gerade bei unsere Station ‚Okavango' technisch auf den neuesten Stand gebracht."

„Gut. Aber ich such mir meine Crew selbst aus. Soviel ich weiß, ist es allerdings ein sehr kleines Schiff."

„Das stimmt. Es hat nur Platz für drei Leute. Und wir haben den Amerikanern versprochen, dass einer ihrer Astronauten mitfliegen kann."

„Na toll. Ich möchte aber auf jeden Fall Samantha mitnehmen. Wir fliegen ja nun schon ein paar Jahre zusammen."

„Das geht in Ordnung. Die Australier haben nichts dagegen. Ich wusste, dass Sie ohne Samantha Brown

nicht fliegen wollen und haben das Einverständnis
der Australier schon eingeholt."

„Na dann ist es ja gut. Welcher Amerikaner wird
mitfliegen?"

„Das erfahre ich erst nächste Woche."

„Okay. Wissen Sie Libasse, ich dachte anfangs, dass
sie mich vorladen, um meine Beobachtungen bei der
Explosion der Station zu erfahren. Das interessiert sie
wohl nicht?"

„Wir hatten Aufzeichnungen von zwei Holocom-
Satelliten. Aber Ihnen kann man auch nichts
vormachen. Ich will nicht Ihre Beobachtungen sehen,
sondern will Ihnen die Aufzeichnungen zeigen. Keiner
außer Dr. Khama, unsere Mitarbeiter im Labor und
ein wachhabender Offizier kennen die
Aufzeichnungen. Ich will Ihre Meinung dazu auch
hören."

„Na denn, wir treffen uns dann in ein paar Tagen auf
der Station ‚Okavango'."

Corinna schaltete ihr Holophone ab und sah
nachdenklich zu Fred.

„Du solltest morgen schon fliegen. In ein paar Tagen
streifen die Perseiden die Erde. Die ersten Ausläufer
sind schon da. Es wird dann zu gefährlich für
Passagiermaschinen."

„Du hast Recht."

Sie rief Dr. Dumont noch einmal an. „Doktor, ich
komme morgen schon. Die Perseiden will ich
vermeiden."

„Sie haben Recht. Dieser Strom verursacht viel zu viele Flugausfälle. Also, wir sehen uns morgen Abend."

6.

Am nächsten Morgen flog Corinna von der Marsstation zur Station Okavango. Es war ein recht langweiliger Flug. Nur drei Passagiere waren an Bord. Corinna setzte sich und schaute aus dem Fenster auf die Startbahn. Die geringe Gravitation des Mars erlaubte es Schiffen ohne großen Schub zu starten. Man wurde also beim Start nicht in die Sessel gedrückt, wie das bei Starts von der Erde noch der Fall ist. Zwar gibt es Antigravitationsfelder, aber die verhindern diesen Effekt beim Starten nicht ganz. Bei Starts vom Mars merkt man hingegen gar kein Schub. Die Schiffe hoben einfach ab.

Fred stand mit einem Skaphander gekleidet unweit der Startbahn und winkte Corinna noch einmal zu. Sie würden sich vermutlich wieder einmal eine lange Zeit nicht sehen. Sie waren dies zwar von der Vergangenheit gewöhnt, dennoch schmerzte es jedes Mal. Corina winkte zurück, als das Schiff mit schwachem Vibrieren langsam vorwärts rollte. Die Schiffe starteten und landeten wie Flugzeuge in längst vergangenen Zeiten. Einen aufrechten

Raketenstart bei Passagierschiffen gab es schon lange
nicht mehr. Nur bei Satelliten war es noch üblich.
Ein Flugbegleiter sprach Corinna an: „Darf ich Ihnen
etwas bringen? Einen Kaffee vielleicht?"
„Ja, ein Kaffee wäre nicht schlecht. Und wenn Sie
haben, auch noch ein Stück Kuchen."
„Selbstverständlich. Wir haben Mohnkuchen und
Mangotorte."
„Ein Stück Mangotorte bitte."
Nur wenige Minuten später brachte der Flugbegleiter
das Gewünschte. Nach dem Essen schlief Corinna ein.
Eine Durchsage weckte Corinna. Sie verstand nicht
und war noch ganz benommen. Sie schaute auf die
Uhr und dachte ‚Habe ich wirklich acht Stunden
geschlafen?'.
Der Flugbegleiter kam und wollte Corinna wecken.
Als er sie sah, sagte er: „Entschuldigen Sie, wir
werden in einer Stunde an der Station andocken.
Möchten Sie noch etwas haben?"
„Nein danke. Ich möchte mich nur noch frisch
machen."
„Selbstverständlich." Er zeigte auf eine Tür am Ende
des Ganges, „dort hinten können Sie sich frisch
machen."
Corinna stand auf und ging nach hinten in den Raum.
Dort befanden sich eine Toilette, ein Waschbecken
und eine Dusche. „Ah, duschen. Das wird mir gut
tun." Sie zog sich aus und ging unter die Dusche.

Frisch geduscht ging sie auf ihren Platz zurück. Sie
schaute aus dem Fenster und sah den Mond gerade
hinter der Erde aufgehen. Auch die Station Okavango
war bereits in Sicht. Nur noch ein paar Minuten, und
ein Andockmanöver konnte beginnen. Es folgte ein
schwacher Ruck und das Schiff war fest an der Station
angedockt.

Als Corinna ausstieg erwartete sie bereits Dr. Libasse
Dumont. Er winkte ihr zu.

Der hochgewachsene Nigerianer drückte Corinna fest
die Hand.

„Sachte Libasse, sie brechen mir noch die Finger."

„Entschuldigen Sie.", er ließ ihre Hand wieder los.

„Willkommen auf der Station Okavango. Sie kennen
sich ja hier aus. Darf ich Sie zum Essen einladen?"

„Danke. Da sage ich nie Nein."

Im Restaurant bestellte Corinna wie immer ein
großes Steak und ein Bier. Dr. Dumont war da mit
seinem Reiseintopf viel bescheidener.

Nach dem Essen sprach Dr. Dumont zu Corinna:
„Haben Sie heute noch etwas vor?"

„Eigentlich nicht. Warum?"

„Ich möchte Ihnen noch etwas zeigen. Sie werden
erstaunt sein."

„Was ist es?", fragte Corinna neugierig.

„Immer langsam. Sie werden schon sehen."

„Sie machen es aber geheimnisvoll.", bemerkte
Corinna.

„Das ist es auch. Sehr mysteriös."

„Na gut Libasse, gehen wir.“

„Dort hinten ist die Kommunikationszentrale. Da können wir uns das anschauen.“

Corinna folgte Dr. Dumont. Sie war schon sehr gespannt. Er hatte schon bei Ihrem gestrigen Gespräch so ein paar Andeutungen gemacht.

Der Raum war nicht sehr groß. Ein Offizier saß an seinem Pult. Dieser begrüßte die Zwei, als sie hereinkamen.

„Hallo Dr. Dumont. Soll ich Ihnen jetzt die Aufnahmen zeigen?“

„Ja, bitte George.“, sagte Dr. Dumont und wandte sich an Corinna: „Passen Sie genau auf!“

Auf dem großen Monitor sahen sie die Station Mars 2. Plötzlich sahen sie die Explosion auf der Station und wie sie in Millionen Teile zerbarst.

„Was soll das Libasse? Ich habe das leider selbst mit ansehen müssen.“

„Warten Sie es ab. Wir haben hier eine Aufnahme mit unserer neuesten Kamera. Sie macht gestochen scharfe Bilder im Picosekundenbereich. Einer allein hätte wahrscheinlich ein Jahr benötigt, um sich die kurze Zeitspanne anzusehen. Wir haben eine ganze Schar von Wissenschaftlern darangesetzt. Ich zeige Ihnen nun die letzten zehn Aufnahmen vor der Explosion. Passen Sie auf!“

Die Bilder liefen ab. Plötzlich schrie Corinna auf: „Da, was war das? Ein kleiner blauer Strahl kurz vor der Station!“

„Genau das meinte ich. Dieser blaue Strahl traf die Station. Wir konnten nicht feststellen was es ist. Auf keinem Scanner war etwas registriert. Keine bekannte Quelle, nichts, rein gar nichts. Wir wissen nicht um was es sich handelt. Der Strahl war nur eine Picosekunde da. Wenn er die Explosion ausgelöst hat, müsste er über gewaltige Energien verfügen. Aber, wie gesagt, die Scanner haben nichts registriert."

„Eine unbekannte Energieform?"

„Bis jetzt ja. Aber wir haben die Richtung des Strahles verfolgt. Halten Sie sich fest!", Dr. Dumont schaute Corinna mit zusammengezogenen Augenbrauen an.

„Nun machen Sie es nicht so spannend, Libasse!", sprach Corinna.

„Er kam direkt aus Richtung der Singularität, dem Tunnelsystem der Wurmlöcher!"

„Waas?", fragte Corinna erstaunt.

„Ja, wir wollten es erst auch nicht glauben. Aber wir sind uns sicher."

„Wer sollte so etwas machen? Insektaner?"

„Das glauben wir nicht. Aus Ihren Berichten verfügen sie nicht über eine solche Möglichkeit, über solche Waffen. Aber das Ausbleiben der Nachrichten von Kalpano und Sansor, lässt nichts Gutes ahnen."

Corinna schüttelte mit dem Kopf und sprach: „Kann ich die Aufzeichnung mir noch einmal ansehen?"

„Aber natürlich."

Dr. Dumont spielte die letzten Bilder der Kamera
noch einmal ab. Sie sahen wieder diesen kurzen
Lichtstrahl und die Explosion darauf.

„Ein Lichtblitz in so kurzer Zeit mit solcher Kraft? Wie
ein gebündelter Gammablitz.", sprach Corinna.

„Sie sagen es. Sie verstehen nun auch unsere
Geheimhaltung. Wenn wir dies publizieren, dann
wird das eine Panik hervorrufen. Wir haben uns
daher entschlossen, eine kleine Expedition in die
Singularität zu schicken. Wir hatten dies sowieso vor.
Nun ist es umso dringender."

Dr. Dumont stand auf und ging zur Tür. Corinna folgte
ihn. Sie betraten den Gang. Es war ziemlich viel
Betrieb auf der Station. Es kam gerade ein großer
Shuttle aus Windhuk an. Ein weiterer Shuttle kam von
der Australischen Station Sepik an. Mit ihm kam
Samantha. Es machte sich auch ein Schiff fertig zur
Station Mekong. Es war wie Rush Hour.

Dr. Dumont sprach im Gehen wie beiläufig zu
Corinna: „Corinna, wir befürchten, dass unsere
Schritte genau verfolgt würden. Denken Sie daran,
was sie schon bei Ihrer Expedition zu GAIA sahen. Wir
haben uns daher entschlossen, dass unser Schiff nicht
von hier aus startet. Sie werden auf ein kleines Schiff
gebracht, welches sich innerhalb der Merkurbahn
befindet. Sehr nah an der Sonne. Gleichzeitig startet
ein unbemanntes Raumschiff von hier in Richtung
Singularität. Dieses Schiff wird aber kurz vorher leider
verunglücken. Ihr Schiff wird, mit einer neuen
Legierung am Außenmantel ausgestattet, zur

Singularität starten. Die neue Legierung wird, ähnlich der Stealth-Technologie des 21. Jahrhunderts, alle uns bekannten Strahlen quasi millionenfach reflektieren und absorbieren, sodass sie praktisch unsichtbar sind. Wir hoffen, dass es klappt."

„Wer über solche Strahlen verfügt, kann so eine Technologie bestimmt kompensieren."

„Eine andere Möglichkeit unerkannt zur Singularität zu kommen haben wir leider nicht."

„Diese Geheimniskrämerei gefällt mir nicht."

„Uns auch nicht. Aber was hilft es. Es geht nicht anders. Morgen kommt der neue Sicherheitsrat zusammen. Auch der Vertreter der Antarktis Sean Shackelton wird erstmals mit dabei sein."

„Die Antarktis hat einen eigenen Vertreter? Das wusste ich gar nicht."

„Es leben nun zehntausend Menschen dauerhaft in der Antarktis. Sie haben das Recht auf einen eigenen Vertreter. Auch werden sie eine eigene Raumstation bekommen. Sie wird geostationär über McMurdo stehen und auch so heißen."

„Na schön."

„Also dies nur am Rande. Ich hoffe, dass sie Erfolg haben. Melden Sie sich regelmäßig."

„Ich werde mir Mühe geben."

7.

Corinna machte es sich in ihrem Sessel bequem. Sie streckte ihre Arme nach oben und gähnte kurz und genüsslich dabei. Der Raum war nicht sehr groß. Nur fünf Sessel befanden sich in ihm. Die Wände waren kahl und grau. Es war ein sehr altes Schiff. Es hatte schon zwanzig Jahre auf dem Buckel und diente normalerweise nur zum Transfer zwischen Raumstationen.

„Na? Müde?", fragte Samantha.

Samantha hatte sich neben sie gesetzt. Sie flog das erste Mal in Richtung Merkur. Sie war zwar schon sehr oft im All, aber bis zum Merkur hatte sie es noch nicht geschafft.

„Ich bin nicht müde. Mir war nur mal so. Man soll schließlich bequem fllegen.", antwortete Corinna.

„Wann werden wir ankommen?"

„Wenn alles gut geht, sind wir in drei Stunden dort. Ich war nur einmal auf der Venusstation. Aber innerhalb der Merkurbahn. Wahnsinn."

„Die Sonne muss gewaltig aussehen. Ich bin schon sehr gespannt. Ich bin bisher auch immer nur in die andere Richtung geflogen."

Plötzlich ertönte ein quäkendes Geräusch. Aus dem Lautsprecher hörten sie die Stimme des Kapitäns des Schiffes: „Achtung! Hier spricht der Kapitän. Wir starten!"

Mit einem leichten Ruck wurden sie in die Sessel gedrückt. Schnell wurde es auf die Geschwindigkeit von 25000 Kilometer je Sekunde gebracht. Im Nu verschwanden der Mond und die Erde aus dem Sichtfeld. Langsam wuchs die

Sonne. Sie wurde immer größer. Deutlich sahen sie Protuberanzen. Nur die starken Filter gestatteten diesen Anblick. Es war ein einmaliges Schauspiel.

Wieder meldete sich der Kapitän: „Meine Damen! Wir sind in zehn Minuten da."

„Was? Schon? Ging aber schnell.", sprach Samantha.

„Wir können doch noch lange nicht da sein.", stellte Corinna fest.

Das Raumschiff bremste sehr langsam ab. Auf dem Monitor im Raum sahen Corinna und Samantha einen kleinen silbrigen Punkt langsam größer werdend. Nach ein paar Minuten sahen sie ein kleines Schiff.

„Das, das ist doch die ‚Limpopo'. Träume ich?", rief Corinna.

„Nein, du träumst nicht. Das ist die ‚Limpopo'.", sagte Samantha.

Die Tür ging auf und der Kapitän erschien. Er lächelte die beiden Frauen an und sprach: „ Ja. Das ist die ‚Limpopo. Ihr Schiff von ihrer letzten Reise zu dem Tunnelsystem. Es hat nur eine neue Haut bekommen und einen neuen Namen. Sie heißt nun 'Aminata'. Innen hat sich kaum etwas geändert. Die Schäden an der Außenhaut wurden auch repariert. In ein paar Minuten kommt ein Schiff von der amerikanischen Station ‚Mississippi' mit Gabriel Hurts an Bord, ihr Begleiter."

„Na, denn mal los.", sprach Corinna und erhob sich aus ihrem Sessel.

Samantha tat es ihr gleich. Beide begaben sich zur Außentür. Es gab ein sehr leichtes Vibrieren. Der Kapitän begleitete sie. An der Tür angekommen sprach er zu den beiden: „Also, dann viel Glück. Und kommen sie heil wieder."

„Danke. Grüßen sie die Erde.", sprach Corinna.

Ein grünes Lämpchen leuchtet an der Tür auf. Sie öffnete sich und ein Gang zur „Aminata" wurde sichtbar.

Corinna und Samantha traten ein und winkten noch einmal zum Abschied. Dann öffnete sich eine Tür zu ihrem Schiff und die Tür hinter ihnen schloss sich.

Corinna sprach laut; „ Licht!"

Plötzlich wurde es taghell. Die Wände schienen aus sich heraus zu leuchten. Die beiden Frauen gingen zur Brücke. Alles sah ein bisschen anders aus als bei ihrem letzten Flug. Die alten Monitore waren verschwunden. Sie wurden durch 3D Hologrammfelder ersetzt. An der Stelle war nur ein leichtes schimmern zu sehen. Die Bedienungspulte waren auch durch neue ersetzt worden. Wie Corinna wusste, wurden sie allerdings nur im Notfall gebraucht. Im Normalfall ging alles nur durch Sprachbefehle. Der neue Nervocomputer war auf Corinna und Samantha ihrer Stimmen eingestimmt.

„Na dann wollen wir mal.", sprach Corinna und setzte sich.

„Schirm an!", Corinna schrie es faktisch in den Raum.

„Schrei nicht so. Gut dass der Computer keine menschlichen Ohren hat. Seine Trommelfelle wären jetzt zerplatzt. Du verärgerst noch den Computer.", sagte Samantha und hielt sich die Ohren kurz zu.

Vor den Frauen wurde die Wand so als wäre sie transparent. Der Weltraum war zu sehen. Sie sahen noch, wie ihr Schiff, welches sie von der Erde hierher brachte, sich entfernte.

Plötzlich hörten sie ein leichtes Pfeifen und eine sanfte Frauenstimme meldete sich; „Ein Raumschiff nähert sich. Wir werden gerufen!"

„Auf den Schirm!", befahl diesmal etwas leiser Corinna.

Das Bild auf dem Schirm schwenkte etwas nach rechts und ein kleiner silbrig blauer Punkt war zu sehen, welcher immer größer wurde.

„Hier Raumschiff „Mississippi 1". Wir rufen die ‚Aminata'."

„Verbindung an.", sprach Corinna leise. Und dann etwas lauter; „Hier ist die „Aminata". Wir heißen sie willkommen."

„Wir haben einen Gast an Bord, welcher zu Ihnen will. Darf er an Bord kommen?"

„Gestattet!"

Samantha ging zur Eingangsschleuse, um Gabriel Hurts zu begrüßen. Als die Schleusentür sich öffnete, sah sie einen ca. 1,80 m großen, jungen Mann vor sich.

„Guten Tag. Ich bin Gabriel Hurts.", stellte er sich vor und reichte Samantha die Hand.

„Hallo. Ich bin Samantha. Gehen wir zur Brücke."

In der Brücke angekommen, wurde Gabriel Hurts auch von Corinna begrüßt: „Ich heiße Sie in unserer kleinen Runde willkommen. Ich bin Corinna Mumba und dies ist, „ sie zeigte auf Samantha, „Samantha Brown. In den nächsten Wochen werden wir also gemeinsam die Galaxie unsicher machen. Sie sitzen links neben mir. Rechts von mir sitzt Samantha. Ihre Aufgabe wird es sein, die Technik zu überwachen und zu bedienen, Samantha kümmert sich um die Navigation. Okay? So, Samantha wird Ihnen nun ihr Quartier zeigen. In zehn Minuten starten wir in Richtung Singularität. Es wäre gut, wenn Sie dann auf Ihrem Posten sind. Okay?"

„Eye, eye, Käpt`n"

Gabriel und Samantha verließen den Raum. Corinna setzte sich inzwischen und überprüfte die Koordinaten und die Flugbahn. Es war kein alltäglicher Flug. Es wurden nicht nur die Instrumente überholt. Auch der Antrieb wurde verbessert. Sie konnten nun viel schneller beschleunigen. Es war wie auf den neuesten Shuttle. Man wurde nicht mehr in den Sessel gedrückt beim Starten. Die Antigravitationsfelder im Schiff reagierten gleichzeitig mit dem Startsignal.

Samantha und Gabriel kamen wieder und setzten sich in ihre Sessel.

„So, nun denn. Auf geht`s. Bei Euch alles klar?", fragte Corinna. „Hallo Computer, Gabriel Hurts Stimmenmuster speichern und freigeben!"

„Der Kurs wurde eingeben. Auf den Scannern sind keine Hindernisse zu sehen.", sprach Samantha.

„Alle Antriebe funktionieren einwandfrei. Alle Kommunikationskanäle sind offline, die Scanner Reichweite ist optimal.", sagte Gabriel.

„Okay!", Corinna schaute noch einmal zu Samantha und Gabriel, „Hallo Computer, die Antimaterietriebwerke starten und volle Beschleunigung."

Ohne einen Ruck setzte sich das Schiff in Bewegung. Sie sahen nur an der Bewegung der Sterne, dass sie sich fortbewegten. Sie wurden immer schneller. Nach nur einer Minute erreichten sie Lichtgeschwindigkeit.

Corinna meldete erneut: „Computer! Warpantrieb 1,0!"

Plötzlich sahen sie auf dem Holofeld vor ihnen Blitze in allen Farben. Aber nach fünf Sekunden waren auch diese verschwunden. Sie sahen nun nur ein schwarzes Feld.

Corinna drehte sich zu Samantha und fragte: „Wie lange bis zur Singularität?"

„Wir sind in fünf Minuten dort."

„Gut, ich gehe dann mal für kleine Mädchen. Bring uns bis einhundert Kilometer vor die Öffnung."

„Eye, eye Käpt'n."

Corinna stand auf und verließ den Raum. Gabriel drehte sich zu Samantha und sprach zu ihr: „Sie geht für kleine Mädchen? Ist der Käpt'n immer so direkt?"

„Ja, das ist sie. Daran musst du dich gewöhnen." Corinna betrat wieder die Brücke und setzte sich auf ihren Platz. Samantha meldete nun: „Wir sind da. Der Eingang zur Singularität liegt genau einhundert Kilometer vor uns."

„Okay. Computer? Bitte alle Instrumente auf manuell umschalten." Corinna drehte sich leicht zu Samantha und sprach: „Sam, mit Manövrierdüsen hinein ins Wurmloch!"

„Alles klar.", sprach Samantha und betätigte die entsprechenden Sensoren. Das Schiff setzte sich langsam wieder in Bewegung. Sie sahen plötzlich wieder diese Blitze und Ringe in allen Farben auf dem Holofeld. Für Corinna und Samantha waren dies bekannte Begleiterscheinungen, aber für Gabriel Hurts war es das erste Mal, dass er dies sah. Er sah wie verzaubert auf das Holofeld. Es war schon ein faszinierender Anblick. Selbst Corinna und Samantha ließ es nicht kalt.

Samantha meldete sich etwas verwirrt: „Hier stimmt irgendetwas nicht. Der Ausgang nach Kalpano und Sansor ist verschlossen. Ich bekomme keine Transferdaten. Alle anderen bekannten Ausgänge sind ebenfalls zu. Nur ein neuer Ausgang ist offen."

„Wie verschlossen?", fragte Corinna.

„Na, einfach geschlossen. Wir können nicht hinaus. Es gibt nur einen Ausgang, keine fünfzig mehr. Ich verstehe das nicht.“

„Wir können in der Singularität nicht anhalten und zurückfliegen. Also durch. Mal sehen, wo wir raus kommen. Gabriel, wie sieht es mit unserer Bewaffnung aus?“, fragte Corinna.

„Unsere Laserkanone ist okay, auch unsere Antimaterietorpedos sind bereit.“, meldete Gabriel.

„Samantha, schicke eine Meldung an die Erde und berichte kurz über das Geschehen!“

Mit einem leichten Vibrieren traten sie aus der Singularität raus. Auf dem Holofeld sahen sie einen kleinen roten Zwergstern. Sein schwaches Leuchten war aber deutlich zu sehen. Ansonsten sahen sie allerdings recht wenige Sterne. Nur einen deutlich mit bloßem Auge sichtbaren Kugelsternhaufen sahen sie.

„Wo sind wir?“, fragte Corinna und drehte sich zu Samantha.

„Wenn die Daten stimmen, sind wir am äußersten Rand der Milchstraße im Outer-Arm. Er ist ein Verbindungsarm zur Canis-Major-Zwerggalaxie. Vor uns das könnte der Kugelsternhaufen Palomar 12 sein. Achtern ist die Milchstraße zu erkennen. Dieses System hier hat acht Planeten. Fünf Große Gasplaneten und drei kleinere erdähnliche Planeten. Einer, und zwar der innerste, könnte in der Ökosphäre des Sterns liegen. Der Zentralstern gehört der Klasse M6 an. Also ähnlich wie Wolf 359.“ erklärte Samantha.

„Hat der Stern schon einen Namen?“ fragte Corinna.

„Nein. Nur dieser Kugelsternhaufen Palomar 12 vor uns. Er ist allerdings noch 500 Lichtjahre entfernt.“

„Na gut. Aber wir wollten eigentlich wo anders hin. Scanne nun das Wurmloch. Vielleicht können wir von hier an unser Ziel.“

„Nein“, sprach Samantha gedehnt, „ich kann nichts im Scanner erkennen. Wir können nicht in unser Sonnensystem zurück. Das Wurmloch ist zu.“

„Gabriel, arbeiten sie Scanner einwandfrei?“, fragte Corinna.

„Scanner arbeiten einwandfrei. Keine Komplikationen.“, antwortete Gabriel kurz.

„Okay, fliegen wir ein Stück zurück. Vielleicht öffnet sich das Wurmloch wieder.“, sprach Corinna.

„Moment“, rief Samantha, „ich sehe was auf dem Scanner in Richtung erdähnlicher innerster Planet. Es ist metallisch. Es könnte ein Raumschiff sein. Die Isotopenanalyse zeigt, Moment“, Samantha betätigte einige Sensoren und sprach weiter, „es ist von der Erde. Eindeutig ein Schiff von der Erde.“

„Das gibt es nicht. Kannst du es uns auf dem Holofeld zeigen?“ fragte Corinna.

Auf dem Holofeld erschien ein winziger, kaum zu erkennender, silbriger Punkt.

„Geht es nicht größer?“, fragte Corinna.

„Nein, das ist die maximale Einstellung. Wir sind
immerhin fünfzig Millionen Kilometer entfernt.",
sagte Samantha.

„Sind andere Raumschiffe im System?" fragte
Corinna.

„Auf den Scannern ist nichts zu erkennen."
antwortete Gabriel.

„Ruf es!"

„Keine Antwort."

Corinna überlegte. Gabriel meldete sich zu Wort:

„Fliegen wir hin und schauen nach."

„Gabriel hat Recht. Wir sollten hinfliegen.", sprach
auch Samantha.

„Gut. Fliegen wir hin. Samantha, berechne einen Kurs
und flieg uns hin. Aber nicht mit Warp.
Lichtgeschwindigkeit reicht."

Fünf Minuten später waren sie bei dem irdischen
Schiff. Es schwebte antriebslos im All. Im Hintergrund
war die dunkelrote Sonne zu sehen. Sie waren nur
vierzig Millionen Kilometer von diesem Stern entfernt
und in einem Abstand von einhundert Tausend
Kilometer vom innersten Planeten entfernt.

„Wir sollten diesem Stern einen Namen geben. Er
sollte Mumba heißen.", schlug Gabriel vor.

„Danke der Ehre." bedankte sich Corinna.

„Sie sind der Käpt'n.", sprach Gabriel und lächelte.

„Samantha, scanne das Schiff genauer. Siehst du eine
Einstiegsluke?"

„Ja, auf der anderen Seite sieht es so aus."

„Dann flieg dorthin und parke in fünfzehn Meter Abstand.“

„Eye, eye.“

Langsam flog die 'Aminata' um das kleine Schiff herum. An der anderen Seite angelangt, sahen sie deutlich die Einstiegsluke. Außerdem sahen sie in großen Lettern den Namen des Schiffes. Gabriel sprang auf, sprach aber kein Wort.

„Das kann nicht sein!“, sprach erstaunt Samantha.

„Doch, wir können es ganz klar lesen.“, sagte Corinna.

„Wie ist denn das nur möglich?“, fragte Samantha immer noch fassungslos.

„Oneida! Hier ist sie also gestrandet.“, Corinna schüttelte ungläubig den Kopf.

„Wusste ich es doch. Ich habe es immer gesagt. Mir wollte im amerikanischen Wissenschaftsrat keiner glauben. Ich habe Recht behalten. Sie sind durch die Singularität geflogen. Wie auch immer sie hierher gelangten.“, Gabriel klang ziemlich aufgeregt.

„Sam und Gabriel, ihr geht bitte rüber und schaut euch mal um. Nehmt die Handstrahler mit.“, befahl Corinna.

Samantha und Gabriel standen auf und ging zum Ausstieg. Dort zogen sie sich die Skaphander über. Schon seit dem Ende des zwanzigsten Jahrhunderts hatten Raumanzüge einen leichten Manövrierantrieb. Trotzdem nahmen sie zur Sicherheit Rettungsseile mit, welche sich in pistolenähnlichen Druckrollen befand. Jeder Raumanzug hatte so eine Rolle.

Corinna sah von der Brücke ihres Schiffes, wie Samantha und Gabriel hinüberflogen und sich an der Eingangsluke zu schaffen machten. Ein rotes Lämpchen zeigte an, dass im Inneren keine Atmosphäre war. Ein zweites blaues Lämpchen zeigte, dass die Luke verschlossen war. Corinna sah, wie Gabriel auf ein kleines Sensorfeld drückte. Daraufhin erlosch das blaue Lämpchen und ein grünes leuchtete auf. Alsbald öffnete sich die Eingangsluke und Samantha und Gabriel konnte einsteigen.

Beide schalteten ihre Kopflampen an ihren Helmen an. Gabriel schloss die Luke hinter Ihnen. Es war unheimlich im Inneren. Da es keine Atmosphäre gab, hörten sie selbst nur ihre eigenen Atemgeräusche und die Geräusche, welche ihre Raumanzüge übertrugen. Dazu kam noch die Dunkelheit. Nur ihre Kopflampen zeigten einen winzigen Lichtstrahl. Es schien, als würden sie in einer dunklen Höhle laufen. Samantha schauderte es ein wenig. Ihre Messgeräte zeigten, dass die Temperatur nur 3 Kelvin betrug. An der Wand neben der Eingangsluke war eine schmale Tür. Samantha machte sie auf. Plötzlich kam ihr ein Raumanzug entgegen. Samantha schrie vor Schreck auf. Gabriel zog sofort den Handstrahler aus dem Halfter.

„Nichts passiert. Nur ein leerer Raumanzug.", sprach Samantha noch ganz außer Atem.

„Es scheint niemand an Bord zu sein. Wir gehen lieber als erstes zur Brücke.", sprach Gabriel. Samantha nickte ihm zu.

Der Weg dorthin war nicht sehr weit. Die Brücke war sehr klein. Es war auch nur ein kleines Schiff. Nicht viel größer als ein Shuttle. Sie setzen sich auf die zwei Plätze. Als sie aus dem Fenster blickten, sahen sie die 'Aminata'. Gabriel drückte ein paar Sensoren und sprach: „Zwei Energiezellen verfügen noch über ein viertel Energie. Wir könnten das Schiff wieder in Gang bringen."

„Was meinst du Corinna?", fragte Samantha.

„Meinetwegen. Fangt mit der Beleuchtung und der Lebenserhaltung an.", meldete sich Corinna per Funk.

Gabriel drückte einen Sensor und das Licht auf der Brücke ging an. Dann bemerkten sie ein leichtes Summen. Sie sahen, dass alle Sensoren auf der Brücke wieder angingen. Eine Frauenstimme meldete sich: „Lebenserhaltung aktiviert."

„Computer! Holofeld an und Schiffsdaten anzeigen!", befahl Samantha.

Rechts neben dem Fenster zeigten sich ein paar Daten. Sie konnten verfolgen, wie sich die Temperatur und der atmosphärische Druck veränderten. Bei 1 bar und 21 °Celsius blieben die Anzeigen konstant. Samantha und Gabriel nahmen ihre Helme ab.

„Gabriel", meldete sich Corinna, „sieh in den anderen Räumen des Schiffes nach, ob du irgendetwas finden kannst. Und Du Samantha versuchst das Schiff wieder startklar zu machen. Schau auch in das Logbuch und suche auch nach der Blackbox!"

Während Samantha versuchte das Schiff klar zu machen, verließ Gabriel den Raum. Vom Hauptgang führten noch fünf Türen in andere Räume, zwei in die Privatquartiere der Crewmitglieder, ein Lagerraum, ein Fitnessraum und ein Serviceraum mit Toilette und Dusche. Gabriel ging als erstes in das Quartier eins. Er öffnete die Tür. Es war der Raum von Otekah Black. Er sah aber nichts Auffälliges. Ein Pyjama, eine Hose und ein T-Shirt lagen auf dem Bett. Ein Familienbild stand auf einem Board und auf einem Stuhl lag ein Plüschhund. Als Gabriel den Schrank öffnete, sah er, dass er noch voller Kleidungsstücke war. Alles so, als wäre Otekah noch an Bord. Gabriel ging als nächstes in Jack Buchanan sein Quartier. Hier zeigte sich ein ähnliches Bild. Nichts deutete darauf hin, dass beide weit weg waren. Auch im Serviceraum zeigte sich nichts Auffälliges. Im Lagerraum waren nur einige Kisten mit medizinischen Material und Lebensmitteln. Auch ein kleines offenes Fahrzeug für Landgänge befand sich hier. Das Ganze war ein großes Rätsel. Was war hier nur geschehen? Wo waren beide Besatzungsmitglieder hin? Gabriel ging wieder zur Brücke zurück.

Als er eintrat schaute Samantha in fragend an.

„Nichts, auch gar nichts. Es wäre, als wenn sie noch an Bord wären.", sprach Gabriel.

„Was heißt das?", meldete sich Corinna.

„Na ja, die Schränke sind voller Kleidungsstücke, auf den Betten und Stühlen liegen ihre Pyjamas und einige persönliche Gegenstände. Es scheint also nichts zu fehlen.", antwortete Gabriel.

„Doch! Die Besatzung!", sprach Samantha.

Zunächst betretenes Schweigen. „Was ist hier nur passiert? Was steht in dem Logbuch? Findet sich da irgendetwas?", fragte Corinna.

„Nein, nichts. Es hört dort auf, wo auch der letzte Kontakt zur Station 'Mississippi' war. Danach war eigenartigerweise kein Eintrag mehr. Kein Hinweis, wie sie hierher gelangten.", sagte Samantha.

„Und die Blackbox?"

„Die Daten kann ich hier nicht vollständig auswerten. Das müssen wir auf der 'Aminata' tun."

„Okay. Dann dock das Schiff an die 'Aminata' an!"

Gabriel startete die Manövriertriebwerke. Langsam kamen sich die Schiffe näher. Die kleinere 'Oneida' dockte problemlos an die größere 'Aminata' an. Gabriel und Samantha gingen zu Corinna auf die Brücke.

Corinna saß vor ihrem Holofeld. „Ich habe mal die Umgebung gescannt. Wir sind jetzt auf der Nachtseite. Auf dem Planeten vor uns könnte es Leben geben. Er hat eine Sauerstoffhaltige Atmosphäre und flüssiges Wasser. Die Oberflächentemperatur am Äquator beträgt am Tag 20°Celsius und in der Nacht 15°Celsius. An den Polen ist es deutlich kälter. Durch den Neigungswinkel der

Achse von 18° zur Ekliptik gibt es erdähnliche
Jahreszeiten. Aber durch die geringere
Sonneneinstrahlung auf Grund des Spektraltyps M6
ist es überall auf dem Planeten sehr dunkel für
unsere Augen und natürlich kälter. Die Nähe des
Planeten zum Zentralgestirn wiegt dies nicht auf. Ich
sah nur zwei sehr schwache hellere Punkte auf dem
großen Kontinent am Äquator. An den Polen kann es
nachts bis minus 120°Celsius werden."

Gabriel pfiff durch die Zähne.

„Da der südliche Pol auch noch auf einem großen
Kontinent liegt, macht ihn natürlich noch kälter. Der
nördliche Pol liegt auf einer kleinen Insel.", fügte
Corinna hinzu.

„Gibt es weitere Anzeichen von Leben?", fragte
Samantha.

„Ich werde nun einen metallurgischen, einen
geologischen und einen energetischen Scann
machen.", antwortete Corinna. Es dauerte alles nur
ein paar Minuten.

„So, was haben wir nun.", sprach Corinna, „die
beiden helleren Punkte am Äquator könnten
Ansiedlungen sein. Der Scanner zeigt verschiedene
Metalle in sehr reiner Form. Für Ansiedlungen
eigentlich ungewöhnlich, vielleicht sind es sogar
Industrieanlagen. Ebenfalls gibt es dort einen
erheblichen Energieverbrauch. Das ist schon sehr
eigenartig. Für eine große Industrie müsste es auch
Städte geben. Davon ist allerdings nichts zu sehen. Da
es aber, Moment," sie betätigte einige Sensoren, „es

gibt unter den Anlagen große Erzvorkommen, vor allem Gold, Kupfer und Bauxit bei der einen und bei der anderen Eisen und Kupfer. Ich schließe daraus, dass es Bergwerksanlagen sein dürften."

„Also gibt es Leben auf diesem Planeten.", stellte Samantha fest.

„Muss nicht sein. Es könnten auch vollautomatische Anlagen sein.", meinte Gabriel.

„Auf jeden Fall hochentwickelt.", meinte Corinna.

„Wer so etwas besitzt, der kennt auch Radar, Satelliten oder ähnliches.", sagte Samantha.

Gabriel schaute auf seine Scanner und sagte: „Ich kann keine Satelliten im All entdecken."

„Sehr gut. Also, wir sollten uns zurückziehen. Fliegen wir zurück zum Wurmloch.", sagte Corinna.

„Ganz meiner Meinung", sprach auch Samantha.

„Ihr wollt doch nicht etwa nach Hause fliegen?", fragte erschrocken Gabriel.

„Natürlich. Wir sind für eine solche Expedition nicht ausgerüstet.", meinte Corinna.

„Wir können Otekah und Jack doch nicht im Stich lassen! Wir müssen sie suchen!", rief Gabriel.

„Das geht nicht. Wir sind dafür nicht gerüstet. Wir sollten herausfinden, wieso wir keinen Kontakt mehr haben nach Kalpano und Sansor und sollten das verschollene Schiff finden. Beides haben wir getan.", sagte auch Samantha.

„Das könnt ihr nicht tun!", Gabriel gab nicht auf.

„Also...," Corinna wollte gerade etwas sagen, als ein starker Stoß das Raumschiff traf.

„Was ist los?", rief Corinna.

„Auf dem Scanner ist ein großes Raumschiff zu sehen, wir werden angegriffen.", schrie Samantha.

„Schnell ausweichen. Starte unseren Antrieb. Voller Schub. Geh auf Warp. Bring uns hier weg.", befahl Corinna.

„Eye, eye!", antwortete Samantha.

Die 'Aminata' flog mit einem Stoß in Richtung Mond geflogen. Der Flug dauerte nur Minuten, bis das Raumschiff wieder stoppte. Es gab einen Ruck und im Raumschiff gingen plötzlich alle Lichter aus. Die Sensoren flackerten zum Teil noch.

„Was ist passiert?", fragte Corinna.

Gabriel antwortete: „Energieabfall im ganzen Schiff. Der Antrieb ist ausgefallen."

„Funktionieren die Scanner?" fragte Corinna.

„Zum Teil." antwortete Gabriel.

„Was ist mit den Angreifern?" wollte Corinna nun wissen.

„Sind uns nicht gefolgt.", antwortete Samantha.

„Wieso haben wir die nicht schon eher bemerkt? Und was war das für ein Energiestoß, welcher uns traf?", fragte Corinna.

„Die Scanner waren aber in Ordnung. Ich kann nicht genau sagen, warum sie nichts anzeigten.", sprach Samantha.

„Was ist mit der 'Oneida'?", wollte Corinna wissen.

„Sie ist noch am Schott. Unser Antigravfeld hat es geschützt.", sagte Gabriel.

„Gabriel, geh in die 'Oneida' und überprüfe ob es in Ordnung ist. Samantha?", sprach Corinna.

„Ja!"

„Können wir unser Schiff reparieren?"

„Glaube ich nicht. Es ist zu viel Elektronik ausgefallen. Wir haben nicht alle Ersatzteile hier. Uns fehlen vor allem Nervokreise, da die Neurotransmitter zerstört sind."

„Das gibt es doch gar nicht. So ein Mist.", fluchte Corinna.

„Wir können froh sein, wenn die Lebenserhaltung funktioniert. Mit unserem Fusionsstriebwerken kommen wir auch nicht weit. Wir würden mehrere Wochen bis zum Wurmloch benötigen. Wir haben dafür auch nicht genügend Hydrogenium mit."

„So ein Mist!", fluchte Corinna noch einmal.

„Corinna, Samantha?", meldete sich Gabriel aus der 'Oneida', „hier ist auch nicht alles in Ordnung. Der Antrieb funktioniert nicht, die Lebenserhaltung ist in Ordnung, die Scanner sind auch okay."

„Was funktioniert beim Antrieb nicht?", wollte Corinna wissen.

„Die Manövriertriebwerke sind in Ordnung, die Fusionstriebwerke laufen nur mit halber Kraft, der Warpantrieb ist außer Funktion. Ein gewaltiger Energiestoß hat auch hier großen Schaden angerichtet. Die Hydrogeniumtanks sind zerstört. Der halbe Vorrat ist weg. Wir können die Fusionstriebwerke starten. Die Energiezellen sind auch defekt. Es reicht nicht für die Warpreaktoren." erklärte Gabriel<

„Können wir mit der 'Oneida' landen?" fragte Corinna.

„Ich denke schon. Aber warum willst du das wissen?" wollte Samantha wissen.

„Mit unseren Schiffen kommen wir nicht nach Hause. Wir benötigen Hilfe. Auf dem Planeten gibt es Industrieanlagen oder Bergwerke. Vielleicht bekommen wir dort Hilfe. Vielleicht ist auch alles nur ein Missverständnis." sprach Corinna.

„Nach Hause kommen wir definitiv mit unseren Schiffen nicht." meinte Samantha.

„Also gut, " Corinna wischte sich mit der rechten Hand über die Stirn, „schaffen wir alle Vorräte auf die 'Oneida'. Die 'Aminata' bleibt hier beim Mond geparkt. Wir werden mit der 'Oneida' in der Nähe einer dieser Industrieanlagen landen. Dann werden wir weitersehen."

8.

Die 'Oneida' startete in Richtung Planet. Zunächst flogen sie etwa in eintausend Kilometer Entfernung bis kurz über die Planetenoberfläche, um sich dann in geringerer Höhe der Industrieanlage zu nähern. Sie hofften, so nicht entdeckt zu werden. Die Oberfläche war im Dunkeln nicht zu erkennen, aber im Infrarotbereich sah man, dass der Planet bewohnt war. Ab und zu leuchtete etwas auf, das auf Tiere hindeutete. Auch zeigten die Scanner pflanzliches Leben. Die Industrieanlage selbst befand sich allerdings in einem kargen Gebiet. Es gab dort offensichtlich kaum pflanzliches Leben. Nur schroffer Fels und Geröll.

„Wir landen in etwa zehn Kilometer Entfernung. Den Rest legen wir, wenn es zu dämmern beginnt, mit dem Offroad zurück.", sprach Corinna. Samantha und Gabriel nickten beistimmend zu.

Als sie mit dem Raumschiff landeten, führten sie zunächst eine Analyse der Atmosphäre durch.

„Wie sieht es aus?", fragte Corinna.

„Die Luft ist erdähnlich. Hauptsächlich Stickstoff, Sauerstoff, Kohlendioxid, Argon, Kohlenmonoxid und einige weitere Edelgase. Also sehr gut. Der Luftdruck ist etwas niedrig. Etwa so, wie in dreitausend Meter Höhe auf der Erde. Die Temperatur liegt zurzeit bei 5°Celsius. Da wir uns in einem wüstenartigen Gebiet befinden, gibt es auch wenig bakterielles Leben. Es gibt allerdings eine erhöhte Radioaktivität, sie liegt bei 2 Sievert.", antwortete Samantha.

„Das ist für uns zu hoch. Also gehen wir in Schutzanzügen hinaus.", entschied Corinna.

Nachdem sie die Raumanzüge angezogen haben begaben sie sich in den Offroad. Die Ladeklappe des

Raumschiffes sengte sich und sie fuhren mit dem Wagen hinaus in die raue Landschaft. In dem düsteren Dämmerlicht wirkte die schroffe Felslandschaft richtig unheimlich und geheimnisvoll. Kein Baum oder Strauch war zu sehen. Selbst auf dem Mars war es einladender. Durch das Geröll kamen sie mit ihrem Wagen nur schwerlich voran. Nach etwa dreißig Minuten kamen sie in die Nähe der Industrieanlage. Hinter einem großen Felsen parkten sie ihren Offroad. Die letzten zweihundert Meter gingen sie zu Fuß. Die vielen großen Gesteinsbrocken verliehen ihnen einen guten Schutz. Die Anlage war hell erleuchtet. Viele Container standen dort. In einigen waren Fenster und Türen. Es gab auch mehrere große kugelartige Gebäude. Diese waren durch große und kleine Röhren verbunden. Das ganze Areal war nicht umzäunt. Plötzlich sahen sie eine große Gruppe von Gestalten durch den Gebäudekomplex laufen. Einige trugen einen Mundschutz, anderen trugen einen geschlossenen Anzug. Gesichter konnte man bei dieser Dämmerung nur schwerlich erkennen. Eine Gestalt mit Mundschutz stürzte plötzlich. Eine andere Gestalt mit Anzug ging zu ihm und drückte ihm einen stabähnlichen Gegenstand auf den Leib. Eine mächtige elektrische Entladung konnte die drei Menschen aus der Entfernung sehen. Der Körper des gestürzten bäumte sich auf. Man konnte auch deutlich ein schreiähnliches Geräusch hören. Corinna, Samantha und Gabriel sahen sich entsetzt an. Was hatten sie da gerade beobachtet? Waren die mit den Anzügen etwa Aufseher und die anderen Gefangene? Die Szenerie war gerade furchtbar gewesen. Sie sahen noch, wie andere mit Mundschutz versuchten den gestürzten aufzuheben. Es entstand ein regelrechtes Gewirr. In der letzten Reihe sahen sie, dass eine Gestalt sich in dem Gewirr langsam und wahrscheinlich unbeobachtet entfernen konnte. Die Gestalt verbarg sich geschickt hinter einem großen dunklen Kasten am Wegesrand. Es sah wie eine Flucht aus. Langsam aber sicher entfernte sich der Fliehende von der großen Gruppe. Es schien noch keiner bemerkt zu haben, dass einer fehlt. Die dunkle Gestalt entfernte sich nun langsam aber sicher. Plötzlich kroch sie auf allen Vieren zwischen zwei Felsbrocken auf dem Boden entlang. Sie drückte sich geradezu auf den Boden. Warum nur? Nach etwa einem Meter erhob sich die Gestalt und rannte wie angestochen davon und kam genau auf die drei Menschen zu.

„Deckung!", flüsterte Corinna und zog ihren Handstrahler aus dem Halfter. Die Anderen machten es ihr nach.

Die fliehende Gestalt kam weiter auf sie zu. Als sie die drei Menschen mit den Strahlern sah blieb sie stehen. Sie spreizte die Arme und drehte sie Hände, sodass man sah, dass sie unbewaffnet war. Jetzt konnten sie auch deutlicher das Gesicht sehen. Es war natürlich nicht menschlich. Aber es war sehr menschenähnlich. Zwei große Augen sahen zu den Menschen. Auch gab es eine kleine Nase, zwei kleine Ohren an der Seite, etwas höher sitzend als beim Menschen. Die Züge waren sehr weiblich. Gekleidet war sie mit einem grauen Overall. Corinna bedeutet ihr sich hinter den Felsen zu verstecken. Etwas zögerlich tat sie es.

„Wir gehen vorsichtig zum Wagen zurück!", sprach Corinna leise. Die Anderen nickten zustimmend. Mit den Händen deutet Corinna der Fremden, dass sie sich entfernen möchten. Unterdessen hatte man im Lager wohl das Verschwinden bemerkt. Ein sirenenähnliches Geräusch war zu hören. Es entstand eine große Aufregung im Lager. Die drei Menschen beeilten sich nun, um zum Wagen zu kommen. Die Entflohene folgte ihnen.

Im Wagen angekommen fuhren sie so schnell sie es konnten zum Raumschiff. Unterwegs sprach keiner ein Wort. Die Fremde saß etwas ängstlich und nervös in ihrem zugewiesenen Sessel. Sie konnte wahrscheinlich nicht recht begreifen, was geschehen war. Die drei Menschen sahen in ihren Anzügen aus, wie ihre Wächter. Als sie am Raumschiff ankamen, senkte sich die Ladeklappe und sie konnten hineinfahren. Als die Klappe geschlossen war, stellte Corinna die Atmosphäre wieder her und sie konnten ihre Anzüge ausziehen.

„Was machen wir mit ihr?", fragte Samantha.

„Ich weiß auch noch nicht. Zunächst sollten wir starten. Nach dem Vorfall werden wir sicher schnell entdeckt. Denken wir nur an den Angriff des

Raumschiffes. Es ist hier keine gastfreundliche Gegend.", antwortete Corinna.

„Wie wahr, wie wahr.", sagte Gabriel.

„Also, Samantha, Setze einen Kurs zur 'Aminata'.", befahl Corinna.

„Eye Käpt'n."

Auf der Brücke wies Corinna der Fremden einen Platz zu. Der Start verlief problemlos. Nach kurzer Zeit waren sie angekommen und parkten neben dem größeren Schiff.

Corinna sah zunächst zu der Fremden sprach aber zu Samantha: „Sam, hole bitte für jeden, auch für die Fremde, einen Translator."

Gabriel betrachtete die Fremde und stellte fest: „Sie ist hübsch."

„Du hast Recht. Na, na, verguck dich nur nicht.", Corinna hielt den rechten Zeigefinger hoch.

„Quatsch. Ich meine ja nur."

'Aber er hat Recht', dachte Corinna. 'Ihre rötliche Haut, die großen grünen Augen, ein kleiner Mund mit den etwas blassen aber roten Lippen. Auf der Erde würde man sie als hübsch bezeichnen.'

Als Samantha wieder kam, gab sie jedem ein Gerät. Sie hefteten sich diese Geräte an ihren Overall kurz unterm Kinn. Die Fremde machte es ihnen nach.

„Hallo! Verstehst du mich?", fragte Gabriel die Fremde.

„Wie soll sie dich verstehen. Unsere Translator
müssen erst einmal ihre Sprache aufnehmen und
analysieren.", meinte Samantha.

„Ich verstehe euch!", sagte die Fremde. Gabriel
grinste Samantha an, diese schaute etwas überrascht.

„Woher kannst du unsere Sprache?", wollte Corinna
wissen.

„Ich lernte sie von einer Mitgefangenen.", antwortete
die Fremde.

„Von einer Mitgefangenen?", Corinna war sehr
erstaunt. „Wie heißt du?"

„Ich heiße Saydala und komme vom Planeten
Mandor."

Plötzlich sprang Gabriel auf und verließ den Raum.
Als er wieder kam, hatte er ein Bild in der Hand und
zeigte es der Fremden.

„Nein, das ist sie nicht. Sie sieht ihr aber sehr ähnlich.
Aber sie ist es nicht.", sprach Saydala.

„Bist du dir ganz sicher?", sprach Gabriel. Das Bild
zeigte Otekah Black. „War noch ein Mitgefangener
dabei, welcher genau wie sie sprach?"

„Nein, sie ist es definitiv nicht. Und sie war allein."

„Ist sie noch im Lager?", wollte Corinna wissen.

„Nein. Das Sonnenmädchen konnte vor ein paar
Wochen auf die gleiche Weise fliehen, wie ich."

„Wer?", fragte etwas erstaunt Corinna.

Saydala erzählte: „Wir nannten sie das
Sonnenmädchen. Ihr sucht bestimmt auch ihren
Gefährten. Aber der ist bereits tot. Das

Sonnenmädchen erzählte uns von seinem Tod. Sie sind gefangen worden. Das Sonnenmädchen konnte fliehen, aber ihren Gefährten hatte man in ein Lager gebracht. Dort starb er. Das Sonnenmädchen nahm mit andern darauf den Kampf auf gegen diese Bestien, die uns als Sklaven halten. Das Sonnenmädchen war eine Anführerin. Die Aufrührer verfügten über kleine Raumschiffe. Immer wieder griffen sie Lager an und befreiten Sklaven. Solche Lager gibt es hier auf allen Planeten und Monden. Aber beim letzten Befreiungsversuch wurde sie doch gefangen und hierher gebracht. Sie fand aber eine Lücke im Antigravitationsfeld und konnte fliehen. Ich sah dies und habe es heute ebenso genutzt. Unsere Peiniger kennen diese Lücke offensichtlich nicht.“

„Der Gefährte der Sonnenmädchen war von der gleichen Spezies wie sie?“

„Nein. Er war von der gleichen Spezies wie ich.“

„Wie lange sind diese Ereignisse denn her?“, fragte etwas ungläubig Samantha.

„Etwa drei Jahre war das Sonnenmädchen im Kampf.“, antwortete Saydala.

„Das kann nicht sein! Wenn sie unserer Otekah sehr ähnlich sieht, ist sie ein Mensch.“, sprach Gabriel.

„Otekah ist aber erst seit ein paar Monaten verschwunden. So lange kann das Sonnenmädchen, wie ihr sie nennt, dies unmöglich schon machen. Du musst dich irren.“

„Ich irre mich nicht!“

„Sie kann Recht haben.“, sprach Corinna. „Wer weiß, wer sie wirklich ist. Die San sind schon tausende Jahre von der Erde weg. Wir haben schon früher festgestellt, dass die Singularität auch die Zeit verändert, nicht nur den Raum.“

„Warum nennt ihr sie Sonnenmädchen?“, wollte Samantha wissen.

„Sie selbst nennt sich Onatah. Aber sie ist eine Kämpferin. Sie kämpft in verschiedenen Sternensystemen gegen Ungerechtigkeiten und Sklaverei.“, sagte Saydala.

Gabriel räusperte sich: „Otekah ist Indianerin. Ihr Stamm sind die Oneida. Und Otekah heißt übersetzt das Sonnenmädchen. Die Ähnlichkeit des Namens ist schon verblüffend. Onatah heißt: von der Erde.“

„Ob das ein Hinweis auf ihre Herkunft ist? Wo kann sie jetzt sein?“, wollte Corinna wissen.

„Ich kann mir nur denken, dass sie eine Möglichkeit fand, den Planeten zu verlassen. Ich weiß leider nicht mehr.“, sagte Saydala.

„Hm, dann werden wir sie suchen!“, Corinna schaute in die Runde. Alle nickten zustimmend.

„Wie heißt dieser Planet?“, wollte Samantha wissen.

„Ich weiß nicht genau. Ich hörte nur wie sie ihn einmal Do 4 nannten. Ob dies der richtige Name ist, kann ich nicht genau sagen.“, antwortete Saydala.

„Wie soll das geschehen? Unser Schiff ist zu langsam. Wir wissen auch gar nicht wo. Das Universum ist bekanntlich sehr groß.“, bemerkte verbissen Gabriel.

„Am Rand dieses Systems befindet sich ein sehr
kleiner Handelsposten. Er ist nicht sehr bedeutend,
da dieses System noch nicht sehr erschlossen ist.
Aber er ist unabhängig. Viele Händler machen dort
Halt, um einige kleine Geschäfte zu tätigen oder nur
um eine kleine Rast zu machen. Vielleicht erfahren
wir dort mehr.", meinte Saydala.

„Woher kennst du diese Handelsstation?", wollte
Samantha misstrauisch wissen.

„Ich war schon einmal dort. Es geht dort ziemlich rau
zu. Aber man ist dort sicher. Die Devillaner, so heißt
die Spezies, die mich gefangen hielt, treiben dort
selbst Handel mit anderen Spezies."

„Wie bist du eigentlich in Gefangenschaft geraten?",
wollte Corinna wissen.

„Meine Heimat ist Mandor. Ein kleiner Planet im
Taurus System. Er ist schon sehr lange besetzt durch
die Devillaner. Mein Vater war Händler und konnte
die hohen Steuern nicht mehr bezahlen. Da wurde ich
kurzerhand als Sklavin eingezogen. Ich war zunächst
auf einer Vergnügungsstation eingesetzt", Saydala
zögerte etwas mit sprechen, „dort wurde ich zum
Vergnügen einiger einflussreicher und wohlhabender
Händler benutzt. Ich musste alles tun, was sie von mir
verlangten. Es war schrecklich.", Saydala holte tief
Luft und erzählte weiter. „Als ich einmal mich
widersetzte, wurde ich in dieses Bergwerk gebracht.
Hier war es nicht besser. Meine Bestimmung war hier
die gleiche. Ich diente der Wachmannschaft als
Vergnügungsobjekt. Das Sonnenmädchen genauso.

Diese Devillaner sind grausame Tiere. Wie ich sie hasse.“

Als Saydala endete war ein betretenes Schweigen im Raum. Corinna fasste sich als erstes; „Das tut mir sehr leid. Wenn wir bei der Station sind, werden die Händler uns nicht großzügig alles erzählen, was wir wissen wollen. Wie bezahlt man dort?“

„Es ist üblich mit kleinen Coins aus Edelmetallen zu zahlen, also aus Platin, Gold, Silber oder Kupfer. Manchmal nehmen sie auch andere Waren zum Tausch. Aber dies ist sehr selten. Es müssen schon ausgefallenen Dinge sein, welche man tauschen kann.“, sagte Saydala.

„Edelmetalle haben wir nicht genügend. Was wären es denn für ausgefallene Dinge, die man tauschen kann?“, fragte Samantha.

„In der Regel sind es unbekannte Nahrungsmittel, Getränke, Gewürze, so in der Art.“, sagte Saydala

„Nahrungsmittel haben wir nicht allzu viel, vielleicht ein bisschen Obst. Ich habe aber ein paar Flaschen Wein und Corinna, du hast doch auch Bier mitgenommen?“, Samantha schaute zu Corinna.

„Mein gutes Pilsener? So gute Informationen werden wir dort bestimmt nicht bekommen.“, bemerkte Corinna.

„Du wirst es überstehen. Und deine Figur wird sich auch freuen.“, Samantha grinste Corinna an.

„Meine Figur ist genau richtig. Ich bin wenigstens kein Garderobenständer. In meinen Klamotten steckt

noch Inhalt. Mein Fred hat gern was in der Hand.",
Corinna grinste zurück.

„Wie dem auch sei, wir brauchen den Wein und das
Bier vielleicht zum Tauschen. Was anderes haben wir
wahrscheinlich nicht.", Samantha schaute in die
Runde.

„Du hast Recht. Also nichts wie hin zur
Handelsstation. Unsere einzige Chance. Sam, "
Corinna sah zu Samantha, „mach das Schiff klar."

„Eye, eye."

9.

Fünf Tage benötigte man für den Flug zum
Handelsposten. Zum Glück wurden sie nicht verfolgt.
Vielleicht war das Schiff zu klein und unbedeutend
oder man hat es einfach nicht gesehen. Auf jeden Fall
kamen sie ohne Schwierigkeiten beim Handelsposten
an.

Diese Station war wirklich sehr klein. Nur zehn Schiffe
konnten gleichzeitig dort andocken. Es sah wie ein
Diskus aus. Es gab nur die strahlenförmigen Stege
zum Andocken. Viele Geschäfte konnten also dabei
nicht getätigt werden. Als sie dort ankamen, waren
gerade einmal drei weitere Schiffe dort. Schon aus
mehreren hunderttausenden Kilometern wurden die
angedockten Schiffe gescannt. Saydala kannte keines
dieser Schiffe. Offensichtlich waren keine Devillaner

dabei. Sie konnten sich also vorsichtig nähern. Sie riefen die Station und baten um Andockerlaubnis. Nach der Bestätigung dockten sie schließlich an.

Alle Vier gingen zur Außentür. Samantha hatte ein paar Flaschen Wein mit und Corinna einige Flaschen Bier. Gabriel hatte einen kleinen Beutel bei sich. Corinna fragte ihn: „Was hast du da drinnen?"

„Nichts Besonderes. Nur was zum Tauschen.", bemerkte Gabriel.

Beim Gehen erklärte Saydala: „Wenn wir hineinkommen, sehen wir als erstes einen kleinen Empfangsraum. Dort fragt man uns, was wir hier wollen. Rechts von der Theke ist ein Saal, wo die Händler ihre Ware feilbieten. Links sind zwei Türen. Die Rechte führt zum Gastraum, wo man speisen kann. Die linke Tür führt zu den Gasträumen, wo man sich ausruhen kann, schlafen kann oder ähnliches. Als Händler muss man, glaube ich, fünf Prozent des Erlöses an Gebühren zahlen. Die Preise für Speisen und Getränke sowie für längere Aufenthalte kenne ich nicht. Nehmt eure Translatoren mit. Ich weiß, dass sie mehrere Sprachen gleichzeitig analysieren können und sehr schnell arbeiten. Ich weiß das von unserem Sonnenmädchen."

Corinna betätigte den Türsensor. Er war auf die Handflächen von Corinna, Samantha und Gabriel programmiert. Leise glitt die Tür beiseite und die Vier betraten den kurzen Gang. Hinter ihnen schloss sich die Tür wieder. Sie war auch von außen durch Sensoren uns Scanner gesichert. Am Ende des Ganges öffnete sich eine Tür und sie standen in dem kleinen Raum mit der Theke. Hinter der Theke stand ein großes breites Wesen. Es war nicht zu erkennen, welchem Geschlecht es angehörte oder ob es überhaupt ein Geschlecht gab. Saydala sprach ihn an. Die Translatoren der Menschen reagierten schnell. Saydala hatte sie schon auf die Sprache eingestellt, bevor sie die Station betraten.

„Guten Tag. Wir sind Reisende und haben ein paar Kleinigkeiten zum Tauschen oder verkaufen mitgebracht."

„Ist in Ordnung. Bitte nach links. Es ist im Moment nicht viel los. Es sind noch Stände frei. Sucht euch einen aus. Wenn ihr Waffen bei euch habt, so gebt sie mir. Sie sind auf unserer Station verboten. Bei eurer Abreise bekommt ihr sie wieder.", sagte das Wesen.

„Wir haben keine Waffen. Wir wollen nur ein paar Waren feilbieten.", sprach Corinna.

Das Wesen zeigte nach links. Die vier gingen in den Saal. Dort erwartete sie ein unbekanntes Stimmengewirr. Schon nach ein paar Sekunden zeigte der Translator, dass er drei verschiedene unbekannte Sprachen gefunden hat und simultan übersetzen kann. Schnell hatten sie auch einen leeren Stand gefunden, wo sie ihre Waren darbieten konnten. Sie hatten auch eine gute Sicht auf die Waren der Anderen.

Saydala sprach: „Ich würde euch raten, nur zu verkaufen. Den Wert der euch zum Tausch angebotenen Waren kennt ihr nicht. Ich bin auch nicht ganz so vertraut mit so was. Bei Edelmetallen kenne ich mich besser aus. Ich wurde für", Saydala schluckte etwas, „für drei Goldstäbchen und eine Kupferkugel verkauft."

Sie hatten kaum ihre Waren auf den Tisch gestellt, als schon die ersten neugierigen Blicke darauf geworfen wurden. Ein kleiner Mann, er sah zumindest wie ein Mann aus, kam und sprach sie an: „Ich bin Veiss. Ich habe sie hier noch nie gesehen. Wo kommen Sie her? Und was sind das für Waren?"

„Ich bin Corinna und komme von der Erde. Und das sind Getränke meiner Heimat."

Er kramte aus seiner Tasche ein kleines Gerät raus und schien die Flaschen zu scannen.

„Diese Getränke sind ungenießbar für mich. Ich würde trotzdem von jedem eine Flasche nehmen. Was wollen sie dafür haben?"

„Was können sie uns bieten?", wollte Samantha wissen.

„Eine Kupferkugel."

„Das ist zu wenig. Wir wollen wenigstens noch drei Silbermünzen. Diese Getränke sind hier einmalig. Ihr werdet sie nirgends sonst finden.", sprach Saydala energisch.

Der Händler tat sehr entsetzt: „Ihr wollt mich ruinieren. Das kann ich unmöglich zahlen.", Veiss schlug seine Hände vor sein Gesicht. Ein anderer Händler kam und sprach: „Ich gebe euch zwei

Goldstäbchen und zwei Silbermünzen für je eine Flasche.", Veiss tat sehr beleidigt, drehte sich um und ging.

„Veiss ist ein Halsabschneider. Das macht er mit allen Neulingen so. Manchmal hat er sogar Glück mit der Masche. Ich bin Lahor.", der Fremde verneigte sich etwas.

Lahor war sehr groß, hatte zwei Arme und ein langgezogenes, fast konturloses Gesicht. An der Seite des Kopfs hatte er kleine Öffnungen, genauso auf dem Kopf.

„Habt ihr sonst noch etwas zu bieten?", wollte Lahor wissen.

„Ja, ich habe hier noch was.", meinte Gabriel und packte einen kleinen Stoffelefanten aus seinem Beutel aus. Corinna und Samantha wollte schon loslachen. Da sprach Lahor: „Interessant. Was ist das?"

„Das ist ein Kinderspielzeug, ein Elefant. Es ist ein beliebtes Tier bei uns zu Hause.", antwortete Gabriel.

„Das ist sehr interessant. Wirklich. So etwas habe ich hier noch nie gesehen. Ein Tier mit zwei Schwänzen. Dafür gebe sich euch ein Platinstück.", Lahor nahm den Elefanten und besah es von allen Seiten.

Corinna und Samantha schauten etwas verdutzt, aber zufrieden zu Lahor. Gabriel lächelte hingegen sehr zufrieden.

„Ihr seid doch bestimmt nicht allein zum Handeln gekommen. Für die paar Waren, wäre der Aufwand hierherzukommen viel zu groß. Wie kann ich euch noch helfen?", wollte Lahor wissen.

„Du hast Recht. Wir suchen eine Frau. Sie wird auch das Sonnenmädchen genannt.", sagte Corinna.

„Pssst! Seit still. Kommt mit.", Lahor schaute sich ängstlich um und winkte den Anderen.

Sie gingen aus dem Saal und betraten den Gastraum. Dieser war leer. Nur ein Mann stand hinter einer Theke. Sie setzten sich an einen Tisch in einer Nische. Lahor sprach: „Das Sonnenmädchen? Ich habe von ihr gehört. Ihr wisst wohl nicht, dass sie hier gesucht wird?"

„Nein, keine Ahnung. Warum?", wollte Corinna wissen.

„Die Devillaner haben einen Preis auf ihre Erfassung gesetzt. Fünf Hundert Platinbarren."

„Einen Preis? Ein richtiges Kopfgeld? Fünf hundert Platinbarren? So wichtig ist sie? Wahnsinn!", Corinna schüttelte ungläubig den Kopf.

„Ja, sie ist hier in Ungnade gefallen. Nicht nur, dass sie geflohen ist, sondern weil sie auch noch in anderen Lagern Gefangene befreit hat. Man hat schon mehrfach versucht, ihr eine Falle zu stellen. Es ist nur nie geglückt. Ich selbst habe sie noch nie gesehen."

„Wir müssen sie unbedingt finden.", meinte Gabriel.

„Das wird nicht leicht sein. Keiner weiß, wo sie ist. Und Hinweise sind, wie soll ich sagen, sehr rar.", Lahor wiegte den Kopf hin und her.

„Was wollen sie haben für einen Hinweis?", wollte Samantha wissen.

Lahor schien zu lächeln: „Nun, gebt mir dieses Tier und diese Flasche, wie heißt das Getränk?", Lahor griff zu einer Flasche.

„Das nennt man Bier.", sagte Corinna.

„Gut, dieses Bier also.", meinte Lahor.

„Einverstanden.", sagte Corinna.

„Zwei Systeme weiter ist ein blauer Riese. Wir nennen ihn Fasur. Ihn umkreist in einem Abstand von zwanzig Milliarden Kilometer eine große Raumstation. Es ist eine Handelsstation. Sucht Nehar. Er kennt diese Sonnenmädchen.", sagte Lahor.

„Wer ist dieser Nehar?", fragte Corinna.

„Er ist Angehöriger meiner Rasse. Er mag die Devillaner auch nicht besonders. Er ist allerdings kein Händler. Er gehört zum Wachpersonal der Station."

„Wir haben keinen Warpantrieb mehr. Er ist defekt. Wahrscheinlich sind einige Antimaterieleiter durchgebrannt. Durch die anschließende Annihilation haben sich auch einige Spulen in Energie aufgelöst. Wir konnten nur die Spulen ersetzen.", sagte Samantha.

„Wie viele Leiter benötigt ihr?"

„Fünf."

„Für zwei weitere Flaschen bekommt ihr diese.", Lahor stand auf. „Ich hole die Leiter und Werkzeug. Ich baue euch diese auch noch ein."

„Nicht nötig. Du kennst auch unser Schiff zu wenig. Einbauen können wir es allein.“

„Alles klar. Wartet ein paar Minuten. Ich komme gleich wieder.“

Lahor verließ den Raum. Corinna sah Samantha misstrauisch an. Saydala sprach zu den anderen: „Ich weiß nicht recht. Ich traue im nicht.“

„Wir auch nicht. Aber wir brauchen das Material. Kommt! Wir gehen schon mal zu unserem Schiff. Am Eingang warten wir auf ihn. Wenn etwas schiefgeht, müssen wir vielleicht schnell starten. Sam, du machst das Schiff startklar!“

Samantha nickte leicht. Die vier Frauen gingen zum Schiff. Auf dem Gang dorthin kam ihnen eine Person mit langem Umhang und einem eigenartigen Helm entgegen. Der Fremde ging zum Tresen. Corinna beachtete ihn aber kaum.

Samantha, Saydala und Gabriel gingen in das Schiff. Corinna wartete am Eingang.

Lahor erschien. Er hatte eine große Tasche in der Hand. Er übergab sie an Corinna und sagte zu ihr: „Also...“, in dem Moment brach er zusammen. Der Fremde am Tresen hatte sich umgedreht und mit einer Handfeuerwaffe auf ihn gefeuert. Corinna nahm die Tasche und ging so schnell sie konnte in ihr Schiff. Der Fremde schoss noch einmal, verfehlte Corinna aber knapp. Unmittelbar neben ihrem Kopf zischte es an der Wand. Corinna drückte einen Sensor und die Tür schloss sich geräuschlos. Sie sah nicht mehr, wie

der Fremde von Sicherheitsmiterbeitern der Station
überwältigt werden sollte aber im gleichen Moment
wie aufgelöst verschwand.

„Sam, nichts wie weg hier.", schrie Corinna.
Samantha startete die Antriebe und so schnell wie sie
beschleunigen konnten, flogen sie weg von der
Station. Ihr Ziel war wieder der etwas abgelegene
Mond. Dort waren sie wahrscheinlich sicher.

Corinna kam etwas aus der Puste auf die Brücke. Die
Anderen schauten sie fragend an.

„Was ist passiert?", fragte schließlich Samantha.

„Lahor wurde unmittelbar an unserer Eingangstür
erschossen. Es war der Fremde, welcher uns
entgegen kam."

„Es lag gar kein neues Schiff an den Andockstutzen.
Wo kam er nur her?", fragte etwas ungläubig Gabriel.

„Außer uns waren nur die drei Händler und das
Personal der Station an Bord.", sagte darauf Corinna.

„Was machen wir jetzt?", fragte Samantha.

Corinna überlegte kurz und sprach: „Wir reparieren
zuerst unseren Warpantrieb. Und dann werden wir
diese Onatah suchen. Wer ist diese Frau? Sie sieht
aus wie ein Mensch. Wahrscheinlich ist sie ein
Mensch. Aber wo kommt sie her? Und was ist mit
Otekah?" Ihre Augen blickten fragend auf Saydala.

„Ich weiß es auch nicht. Sie war schon im Lager, als
ich eingeliefert wurde. Die Devillaner wollten ihren
Willen brechen. Manchmal wurde sie täglich zum
Lagerleiter geholt. Jedes Mal kam sie fix und fertig

zurück. Sie wurde missbraucht und geschlagen. Aber sie stand immer wieder auf."

„Wer ist das, die Devillaner? Wo kommen sie her?", wollte Corinna wissen.

„Ich weiß es nicht genau. Ihr Heimatsystem kennt niemand. Sie sind einfach da. Ich weiß nur, dass an ihrer Spitze ein mächtiger Mann steht. Er nennt sich Lesharo Ohiteka."

„Wie bitte?", Corinna dachte, dass sie sich verhört hat. „Lesharo Ohiteka? Ist er etwa auch ein Mensch?"

„Das weiß ich nicht. Ich habe ihn noch nie gesehen." Gabriel saß am Computer. „Okay Com. Was bedeutet Lesharo Ohiteka?"

Der Computer antwortete: „Lesharo Ohiteka setzt sich aus zwei indianischen Namen zusammen und bedeutet 'mutiger Anführer' „

„Schon wieder indianische Namen! Das kann kein Zufall sein.", sprach Gabriel.

10.

Es war ein herrlicher Tag auf Catkutta. An einem kleinen See war ein großzügiger Park angelegt. Man sah Gärtner, welche die Sträucher und Bäume pflegten. Viele bunte Vögel flogen umher. Die Sonne schien, der Himmel war strahlend blau, nur ein paar kleine Wölkchen waren am Himmel zusehen. Am Rande des Parks war ein Schloss. Nirgends auf diesem

Planeten gab es ein vergleichbares Gebäude. Es bestand aus mehreren Flügeln. Die Bewohner des Planeten Eden wohnten nur in kleinen Rundhütten. Ein solch prächtiges Schloss flößten ihnen Respekt und Ehrfurcht ein. Mehrere Wasserwege und Springbrunnen säumten die Wege. Auf den Parkwegen waren außer den Gärtnern nur zwei Männer zusehen. Sie schienen nur so spazieren zu gehen. Der kleinere hatte eine hellbraune Haut, kurze schwarze Haare. Der größere hingegen hatte eine bronzefarbene Hautfarbe. Sein Kopf war kugelrund und kahl.

Der kleinere blieb stehen und schaute den Anderen fragend an und sprach: „Ihr seid euch ganz sicher, Manor?"

„Ja, mein Lesharo, ich bin mir sicher. Dieses Schiff kam aus diesem System.", der Größere nickte zur Bestätigung.

„Irgendwann musste es ja sein, dass sie kommen. Aber dass sie herumschnüffeln, können wir nicht dulden. Wir müssen diese Irdischen so schnell als möglich loswerden. Auch wenn sie von meiner Rasse sind, haben sie hier nichts verloren. Habt ihr diese Onatah endlich ausfindig machen können?", sprach der Lesharo.

Manor war etwas erschrocken und hatte gehofft, dass der Lesharo diese Frage nicht stellt. „Nein, mein Lesharo. Leider haben wir keine Spur von ihr.", antwortete er etwas kleinlaut.

„Wie lange soll ich noch warten, bis eure Häscher diese kleine Schlampe endlich fangen? Manor, Ihr seid mein Geheimdienstchef. Ich verlange von Euch, dass ihr diese Frau endlich fangt.", der Lesharo war ziemlich aufgebracht.

„Wir tun unser Bestes. Aber sie ist wie vom Erdboden verschluckt. Kaum hatten wir eine Spur von ihrem Schiff und schon war sie wieder verschwunden."

„Verdoppelt das Kopfgeld. Und gleichzeitig soll jeder bestraft werden, der ihr hilft." Lesharo sah Manor an und sprach weiter, „Was die Menschen betrifft: Lasst sie einfach verschwinden. Es muss allerdings wie ein Unfall aussehen. Ich will nicht, dass sie zu Märtyrern werden."

„Ich lasse mir etwas einfallen. Vielleicht können wir zwei Dinge mit einmal erledigen. Wenn wir die Menschen mit Onatah zusammenbringen, können wir beide erledigen."

„Ihr habt diese Onatah nicht fassen können. Nun wollt ihr beides mit einmal erledigen? Wie wollt ihr dies schaffen?"

„Nun, ich werde Sibol auf sie ansetzen. Es gibt keinen besseren Agenten."

„Wie du das machst ist mir gleich. Tu es nur schnell."

„Sehr wohl, Lesharo."

„Was ist mit den Versuchen, das Wurmloch zu schließen?"

„Wir sind inzwischen soweit, dass ein neuer Versuch gestartet wird."

„Manor, hoffentlich seit ihr erfolgreicher als beim letzten Mal. Durch eure Inkompetenz sind die Menschen erst zu uns gekommen.“

„Ich werde mich persönlich in das Do-System begeben, um den nächsten Versuch zu überwachen.“, versprach Manor.

„Das erwarte ich auch. Ich werde mitkommen.“

„Es ist sehr gefährlich, Lesharo. Ihr solltet nicht so nah am Wurmloch sein. Ich schlage vor, dass ihr euch in eine größere Entfernung begeben solltet.“

Lesharo sah misstrauisch zu Manor. Der bemerkte die Blicke und sprach schnell weiter: „Wir haben am Rand des Do-Systems eine sehr kleine Raumstation. Sie hat nur eine Besatzung von drei Leuten. Sie ist leicht bewaffnet und in sicherer Entfernung.“

„Wo werdet ihr sein?“

„Ich begebe mich auf Do-4.“

„Dort befindet sich doch die Anlage, welche den Gammablitz erzeugen soll.“

„Genau. Dort werde ich alles persönlich in Augenschein nehmen.“

„Ich hoffe für euch, dass es diesmal klappt“, erwiderte Lesharo Ohiteka mit strengem Blick.

Manor schaute den Lesharo erschrocken an. Das dieses Thema angesprochen wurden, war ihm sehr unangenehm. Durch den missglückten Versuch, das Wurmloch zu schließen ging ein ultrakurzer Gammablitz quer durch das Wurmloch.

„Wir werden Erfolg haben.“, sprach Manor.

„Ich hoffe es für dich. Das letzte Mal wurde eine irdische Raumstation beim Mars völlig zerstört. Unser Spionagesatellit im Asteroidengürtel hat alles genau aufgezeichnet. Ohne diesen Zwischenfall wären die Menschen niemals hier.", Lesharo sah Manor an.

„Was ist mit dem dunklen Schlund? Aus dieser Region ist noch niemand mehr zurückgekommen. Wenn sie da hindurch fliegen, sind wir sie los. Und die kleine Schlampe gleich mit."

„Sehr wohl mein Lesharo." Manor machte eine unterwürfige Verbeugung.

Der Lesharo dreht sich um und ging zum Schloss zurück. Manor folgte ihm und lief nur einen halben Meter hinter ihm. Am Eingang des Schlosses wartete ein älterer Diener und machte eine tiefe Verbeugung. Der Lesharo nahm davon keine Notiz. Nur Manor grüßte mit einem Kopfnicken.

„Mein Lesharo, das Essen ist angerichtet und kann serviert werden.", sprach der Diener. Er gehörte dem Äußeren nach zu dem gleichen Volk, wie dieser Manor.

„Ich möchte heute allein essen.", sprach der Lesharo.

„Sehr wohl, mein Lesharo."

Nach dem Essen stand der Lesharo auf und läutete nach der Dienerschaft. Der ältere Diener erschien:

„Was wünscht ihr, mein Lesharo?", fragte er.

„Ich gehe in mein Gemach. Ich wünsche, dass diese kleine Sklavin aus Lynor zu mir kommt. Ich brauche Zerstreuung."

„Sehr wohl, mein Lesharo.", sprach der Diener und eilte hinaus.

Der Lesharo hatte mit Bedacht eine Sklavin vom Planeten Lynor ausgesucht. Die Bewohner von Lynor sahen sehr menschlich aus. In der Regel waren sie klein und sehr schlank.

Lesharo Ohiteka begab sich in sein Gemach. Er war kaum angekommen, klopfte es an der Tür.

Lesharo Ohiteka rief: „Komm herein."

Eine kleine zierliche junge Frau trat herein. Sie hatte ein schmales helles, fast weißes Gesicht, große stahlblaue Augen, eine kleine Nase und volle Lippen. Sie war sehr schüchtern und wollte auf keinem Fall unangenehm auffallen. Den Lesharo zu erzürnen, konnte schlimme Folgen haben.

„Zieh dich aus und begib dich In mein Bett.", befahl Ohiteka, goss sich ein Getränk in einen Becher, nahm einen Schluck und ging ebenfalls in sein Bett.

Die kleine Sklavin zog sich aus und stieg langsam in sein Bett. Ihre weiße Haut glänzte etwas. Er sah ihr genüsslich dabei zu. Sie schmiegte sich an ihn und küsste ihn. Ohiteka merkte nicht, wie sehr sie es verletzte, seine Gespielin zu sein. Es war ihm egal. Sie war Sklavin. Sie hatte zu tun, was man von ihr verlangte. Sie gehörte ihm. Er konnte mit ihr machen, was er wollte. Heute wollte er nur eines, sein eigenes Verlangen befriedigen. Und das tat er ohne Rücksicht.

11.

Das Raumschiff Aminata flog zu der von Lahor erwähnten Station. Es war ein recht ruhiger Flug. Verfolgt wurden sie nicht. Nach etwa zwei Tagen kamen sie in die Nähe dieser Station. Der blaue Riese war so groß wie eine Walnuss. Er war noch etwa 3,33 Billionen Kilometer entfernt, aber sein gleißendes Licht strahlte unwahrscheinlich hell.

„Wie weit ist es noch bis zur Station?", fragte Corinna.

„Einhundert Millionen Kilometer.", antwortete Samantha.

„Gibt es Planeten in diesem System?"

„Wie nicht anders zu erwarten, gibt es hier keine Planeten."

„Wie ist die Strahlenbelastung?"

„Kein Problem. Unsere Abschirmung kompensiert bis jetzt alles. Ich würde aber nicht mehr allzu weit an ihn heranfliegen. Die Röntgenstrahlung in seinem Sternenwind ist schon enorm. Wenn ich unsere Daten richtig deute, steigt die Strahlung progressiv."

„Wir fliegen ja auch nur bis zur Station."

„Naja, ich denke dass es bald eine Supernova gibt."

„Was heißt bald?"

„Tja, morgen? Oder in einhundert tausend Jahren? Zumindest dauert es nicht mehr lange."

„Wie kommst du darauf?"

„Es bilden sich schon die ersten schweren Elemente in seinem Kern. Das ist ein sicheres Zeichen. Er wird bald riesige heiße Wolken von Materie ausstoßen. Ich möchte dann nicht mehr in seiner Nähe sein."

„Ich denke mal, dass die Betreiber der Station dies auch wissen."

Samantha setzte eine wichtige Miene auf und sagte: „Ich denke, dass wir beruhigt sein können. Der Stern wird noch ein paar tausend Jahre Ruhe halten."

Nach zehn Minuten sahen sie die Station. Sie war kugelrund. Acht Andockungsplätze waren vorhanden. An zwei solchen Plätzen lagen Schiffe. Das eine Schiff war ziemlich groß und hatte viele Fenster. Es war sehr hell erleuchtet. Große unbekannte Zeichen standen darauf. Das Schiff hatte die Form einer dicken Zigarre. Das kleine Schiff war wie ein Shuttle geformt.

Saydala wurde unruhig und rutsche auf ihrem Sitz hin und her. Man merkte ihr an, dass sie sehr aufgeregt war.

„Was ist mi dir?", wollte Corinna wissen.

„Ich kenne dieses große Schiff. Ich war dort als Sklavin. Für gewisse Waren oder ein paar Coins konnte man mich dort für ein paar Stunden mieten. Es war furchtbar. Wenn ihr auf die Station geht, möchte ich hier an Bord bleiben. Die Händler würden mich erkennen. Das wäre nicht gut. Ich würde euch nur in Gefahr bringen.", antwortete Saydala.

„Gut. Ist in Ordnung. Wir gehen allein.", sprach Corinna.

„Ich bleibe auch an Bord. Da ist Saydala nicht so
allein.", sagte Gabriel.

Samantha sah zu ihm rüber und grinste.

„Was ist?", fragte etwas nervös Gabriel.

„Nichts. Alles in Ordnung.", sprach Samantha schnell
und lächelte etwas.

Samantha rief die Station und bat um Erlaubnis zum
Andocken. Sie musste zweimal die Station rufen, bis
schließlich die Erlaubnis zu Andocken kam.

Samantha steuerte langsam ihr Schiff an eine
Andockvorrichtung. Fast geräuschlos legte das Schiff
an. Nur ein leichtes Schleifgeräusch war zu hören.
Corinna und Samantha begaben sich zur Schleuse. Ein
kleines rotes Licht zeigte, dass der Vorgang noch
nicht abgeschlossen war. Erst als ein grünes Licht
aufblinkte und das rote Licht erlosch, konnten sie die
Schleusentür öffnen und in die Schleuse eintreten.
Die Schleusentür schloss hinter ihnen. Nach ein paar
Sekunden öffnete sich die Tür zur Station. Ein
Stimmengewirr empfing sie. Unbekannte Musik
ertönte. Es war nur ein kleiner Saal. Man sah an den
Wänden die anderen Schleusentüren. Etwa zwanzig
Tische mit je vier Sitzgelegenheiten und eine kleine
Bühne in der Mitte befanden sich im Saal. Auf der
Bühne tanzten zwei weibliche Personen, welche wie
Saydala aussahen. An der Seite war ein Tresen. Hinter
diesem stand eine sehr große Gestalt und hantierte
an irgendwelchen Hähnen aus welchen eine grüne
Flüssigkeit floss. Es waren nicht alle Tische besetzt.
An einigen saßen nur je zwei Personen. Eine schien

immer eine weiblich und eine männlich zu sein. An einem Tisch saß nur eine Person. Man konnte sie nicht erkennen. Diese Person hatte ein langes ponchoartiges Gewand an und ein Helm verhüllte ihren Kopf. Ein Pärchen stand auf und ging zusammen zu der Andockschleuse von dem großen Schiff.

Corinna und Samantha gingen langsam durch den Saal und schauten sich um. Als sie sich dem Tisch mit der einzelnen Person näherten, stand diese auf und drehte sich langsam um. Auch jetzt konnte man das Gesicht nicht erkennen, da ein schwarzes Tuch ihren Mund und ihre Nase bedeckte. Nur zwei Augen sahen Corinna und Samantha an. Unter dem Poncho kam eine Hand hervor. In dieser hielt die Gestalt eine pistolenartige Waffe.

„Ganz ruhig!", befahl eine weibliche Stimme in Englisch. „Wir gehen jetzt ganz langsam zur linken Schleuse zu meinem Schiff. Und vorsichtig. Keine hektischen Bewegungen und kein Geräusch. Begebt euch einfach zur Schleuse."

Corinna und Samantha taten, was ihnen befohlen wurde. Langsam gingen sie zur Schleuse. Diese öffnete sich und sie traten ein. Nach kurzer Zeit betraten sie das kleine Schiff. An der Seite befand sich eine Bank. Die Frau machte eine Handbewegung, dass sie sich setzen sollten, trat ein Stück zurück und senkte ihre Waffe. Als Corinna und Samantha saßen, nahm die Frau den Helm ab und schob ihr Tuch, welches sie vor dem Gesicht trug, beiseite. Corinna und Samantha konnten ihr Erstaunen nicht verbergen. Vor ihnen stand eine menschliche Frau mit langen schwarzen Haaren, dunklem Teint, dunkelbraune Augen, eine schmale Nase und vollen Lippen.

„Wer bist du?", fragte Samantha.

„Ich stelle hier die Fragen. Ich bin Onatah. Wer seid ihr?"

„Ich bin Corinna und dies ist Samantha. Wir kommen von der Erde."

„Man sagte mir, dass ihr auf der Suche nach mir seid?"

„Wer hat das gesagt?", fragte Samantha.

„Das tut nichts zur Sache. Was wollt Ihr von mir?"

„Eigentlich suchen wir jemand anderes. Du siehst ihr zwar ähnlich, bist es aber nicht.", sprach Corinna.

„Menschliche Besucher kommen äußerst selten hierher."

Corinna wollte in ihre Tasche greifen, da hob Onatah ihre Hand mit der Waffe und rief: „Halt! Keine Bewegung!"

„Ich will nur ein Bild aus der Tasche holen.", sagte Corinna.

„Aber schön langsam!"

Vorsichtig griff Corinna in ihre Tasche und holte das Bild von Otekah heraus. Sie zeigte es Onatah. „Diese Frau suchen wir.", sagte sie dabei.

Onatah nahm das Bild und betrachtete es. Langsam hob sie den Kopf und schaute etwas überrascht zu Corinna und Samantha. Dabei wurden ihre Augen feucht und Tränen traten aus den Augen. Sie senkte den Kopf und schaute sich das Bild erneut an. Corinna und Samantha sahen sich etwas erstaunt an. Onatah hob den Kopf und fragte: „Woher habt ihr dieses Bild?"

„Kennst du diese Frau?", fragte Corinna.

„Beantwortet zuerst meine Frage!"

„Wir sind von der Erde ausgesandt worden, diese Frau zu suchen. Diese ist vor kurzen verschwunden und gilt nun als verschollen! Also, kennst du diese Frau?", antwortete Samantha.

„Ja. Ich kenne diese Frau. Sie ist meine Mutter."

„Waas?", rief Corinna und schaute ungläubig zu Samantha, so als hätte sie sich verhört.

„Das kann doch nicht sein! Sie kann unmöglich deine Mutter sein. Sie war erst dreißig Jahre alt, als sie verschwand. Kinder hatte sie auch keine. Und das Ganze ist gerade einmal ein Jahr her.", sagte Samantha.

„Ihr müsst euch irren. Meine Mutter und mein Vater haben auf einem kleinen Planeten im Nachbarsystem gelebt. Ihr Raumschiff musste dort notlanden. Sie lebten mehrere Jahre dort. Dort kamen auch mein Bruder und ich zur Welt. Es ist ein sehr fruchtbarer Planet. Wir hatten dort alles zum Leben was wir brauchten. Eines Tages, ich war erst drei Jahre alt, mein Bruder war dreizehn Jahre alt, kamen diese Devillaner. Sie töteten meinen Vater. Meine Mutter und mich nahmen sie mit. Von meinem Bruder weiß ich nicht, was mit ihm geschah. Ich kann mich nicht einmal an seinen Namen erinnern. Man trennte mich auch von meiner Mutter. Ich bin dann als Sklavin aufgewachsen. Ich wurde in eine Kindersklavenanstalt gebracht. Ich wurde dann als Hausmädchen verkauft, später dann als Vergnügungsfrau. Weil ich mich oftmals widersetzte, wurde ich auf einen Bergwerksplaneten verbannt. Von dort konnte ich fliehen." Onatah holte tief Luft und sah Corinna und Samantha an.

Corinna uns Samantha sahen sich an. ´Das konnte doch unmöglich wahr sein`, dachte Corinna.

„Ich verstehe das nicht. Wie alt bist du?", fragte Samantha.

„Ich bin achtundzwanzig Jahre alt.", antwortete Onatah.

„Wie hieß deine Mutter?"

„Otekah Black."

„Das kann doch nicht wahr sein, das kann doch nicht wahr sein! Nach dieser Rechnung ist Otekah und ihr Kollege Jack Buchanan vor rund dreißig Jahren hier gestrandet."

Onatah zuckte leicht zusammen und sprach: „Jack Buchanan war mein Vater!"

„Wie kann das nur sein!", Samantha schüttelte den Kopf.

Corinna sah zu Samantha: „Denk mal bitte an die Zeitdifferenz, als wir durch das Wurmloch von Sandor nach Hause kamen. Es gab damals eine nicht zu erklärende Abweichung von mehreren Wochen. Diesmal sind es viele Jahre. Das Wurmloch beeinflusst ganz offensichtlich die Zeit. Als wir durch das Wurmloch hierher flogen, machten wir eine Zeitreise in die Zukunft."

„Hoffentlich kommen wir wieder in unsere Zeit zurück, wenn wir wieder nach Hause fliegen." sprach Samantha.

„Was ist mit deiner Mutter?", wollte Corinna von Onatah wissen.

„Ich weiß es nicht. Ich habe seit unserer Trennung vor fünfundzwanzig Jahren nichts mehr von ihr gehört."

„Wie hast du von uns erfahren?", fragte Corinna.

„Ein Händler hat gehört, dass ihr euch nach mir erkundigt habt.", antwortete Onatah.

„Wie hieß der Händler?", wollte Samantha wissen.

„Sein Name ist Sibol. Und der hatte es von einem gewissen Veiss."

„Diesen Veiss haben kennengelernt. Ein unangenehmer Typ. Sibol kennen wir nicht.", sagte Corinna.

Onatah schaute Corinna an und fragte: „Wie geht es nun weiter? Ihr habt mich nun gefunden. Was nun?"

„Wir sollten erst einmal zu unserem Schiff gehen. Dort wartet jemand, der dich kennt. Wir sind mit zwei Aufträgen hierhergekommen. Ersten sollten wir klären, was unsere Raumstation zerstört hat. Und zweitens sind wir auf der Suche nach deiner Mutter."

Die drei Frauen gingen wieder durch die Schleusentüren in den Saal. Dort hat sich inzwischen wenig verändert. Mehrere Tische waren besetzt. Meistens saßen zwei Personen, eine weibliche mit einer männlichen Person, an einem Tisch. Die Frauen gehörten zu dem großen Schiff. Langsam gingen die Frauen durch den Saal. Sie näherten sich ihrer Schleusentür. Corinna betätigte die Schleuse. Die Tür öffnete sich und die Frauen traten ein. Drinnen warteten Saydala und Gabriel.

Als Saydala Onatah sah, lief sie zu Ihr und umarmte sie.

„Ich bin so froh, dich zu sehen.", sagte Saydala.

„Ich freue mich auch, dass du entkommen konntest. Wie hast du es geschafft?", fragte Onatah.

„Ich sah wie du geflohen bist. Ich habe mir die Stelle genau gemerkt. Eines Tages habe ich eine Unachtsamkeit der Wächter genutzt und bin ausgerissen. Diese drei Menschen waren zufällig zugegen und halfen mir."

„Ja, ich sah sie und nahm sie mit.", mischte sich Gabriel ein.

Samantha grinste und sagte: „Ein klein wenig haben Corinna und ich auch mitgeholfen."

„Ja, ja, natürlich.", beeilte sich Gabriel verlegen zu sagen.

„Soso. Kommen wir mal zu etwas wichtigem. Wie geht es nun weiter. Onatah hat uns gefunden oder wir sie. Ganz wie man es sieht." sprach Corinna.

„Ja. Woher wissen wir eigentlich, dass du die
Wahrheit sagst?", wandte sich Samantha an Onatah.
„Ich habe die Wahrheit gesagt! Saydala hat mich
gesehen. Ich war in dem Lager. Ich habe mich jetzt
mehrere Monate verborgen. Dem Shuttle hatte ich
gestohlen bei meiner Flucht. Ich habe mich mit
Gelegenheitsarbeit über Wasser gehalten. Bei Sibol
dem Händler habe ich gearbeitet. Er erzählte mir,
dass ihr mich sucht. Das war vor zwei Tagen. Ich habe
einen sehr schnellen Shuttle. Deshalb bin ich vor euch
hier angekommen.", entgegnete Onatah etwas
erregt.
„Gut. Wir wollen dir mal glauben. Wie gehen wir nun
vor?", fragte Corinna.
„Zunächst sollten wir erfahren, was unsere Station
zerstört hat und vom wem?", stellte Samantha fest.
„Was weißt du darüber?", fragte Corinna Onatah.
„Nicht viel. Nur so viel, dass der Anführer der
Devillaner das Wurmloch schließen will. Vielleicht
passierte es deshalb. Warum er das Wurmloch
schließen will, weiß ich nicht.", sagte Onatah.
„Wo finden wir diesen Anführer?", fragte Gabriel.
„Das weiß ich nicht. Ich kenne noch nicht einmal
seinen Namen. Ich weiß nur, dass er sehr brutal ist."
„Und was weißt du über deine Eltern?", wollte
Corinna wissen.
„Auch nicht viel. Ich weiß nicht ob sie noch am Leben
sind. Sibol nannte mir ein System, wo wahrscheinlich
das Hauptquartier der Devillaner sich befindet. Ob

der Anführer auch dort ist, konnte er mir nicht sagen. Ich hatte nicht viel Zeit. Ich hatte zu tun, dass ich den Häschern der Devillaner nicht in die Hände falle. Ich will nicht wieder in Gefangenschaft. Lieber sterbe ich.", die letzten Worte sprach Onatah sehr leise.

„Ist schon gut.", Corinna legte ihr die Hand auf die Schulter.

„Also auf in dieses System. Vielleicht erfahren wir dort etwas über Otekah und die Absicht, dass Wurmloch zu schließen.", sprach Samantha.

„Aber, wir müssen vorsichtig sein.", sprach Corinna. „Dieses System wird bestimmt gut bewacht."

„Weißt du wie dieses System beschaffen ist?", fragte Samantha Onatah.

„Nicht genau. Eine Kometenwolke umschließt es. Die ist aber nicht sehr dicht. Das System selbst besteht aus elf Planeten. Der vierte ist bewohnt. Der siebente und achte Planet sind große Gasriesen. Mehr weiß ich nicht.", sprach Onatah.

„Gut", sprach Corinna, „ wir fliegen bis an den Rand der Kometenwolke mit Warp und dann nehmen wir die Ionentriebwerke. Dann sehen wir weiter. Alles klar?" Corinna sah in die Runde.

„Alles klar.", sprach Samantha. Gabriel und Onatah nickten mit dem Kopf.

Saydala sah etwas ängstlich die Anderen an und sagte: „Und wenn man uns auflauert? Sie haben dort doch bestimmt Außenposten."

„Es wird schon schiefgehen.", meinte Samantha.

„Genau.", sprach auch Corinna.

Samantha nahm am Pilotenpult Platz und startete die Ionentriebwerke. Das Raumschiff Aminata setzte sich langsam in Bewegung.

„Ich gehe jetzt auf Warp.", rief Samantha.

Alle sahen auf den Bildschirm. Jeder war etwas in Gedanken versunken. Was würde sie erwarten? Fanden sie Otekah? Konnten sie das Rätsel des Angriffes auf die Erde lösen? Würden sie überhaupt jemals wieder die Heimat sehen?

12.

Im Hauptgebäude der Afrikanischen Astronautischen Union herrschte wie immer geschäftiges Treiben. Auf der Direktionsetage war es allerdings etwas ruhig. Nur wenige Besucher kamen bis hierher. Nur in einem Büro war man etwas aufgeregt.

„Haben Sie etwas gehört?", fragte der Leiter für Raumsicherheit Dr. Dumont aufgeregt.

„Chef! Das fragen Sie mich jeden früh aufs Neue. Wenn es etwas Neues gibt, sind Sie der Erste, der es erfährt.", sprach Amanda Mabasa, seine Sekretärin.

„Ja, ja ich weiß. Aber sie sollten mir antworten, wenn sie durch das Wurmloch geflogen sind. Das ist nun schon vier Tage her. Ich mache mir halt Sorgen. Außerdem muss ich dem Rat Bescheid geben. Die wissen noch von gar nichts. Die ganze Aktion ist schließlich geheim. Wenn sie von meiner Eigenmächtigkeit erfahren, werden sie sehr ungehalten sein."

„Ich denke Dr. Khama wusste Bescheid?", fragte Amanda Mabasa.

„Das stimmt. Aber die Vertreter der anderen Kontinente wissen gar nichts. Das Raumschiff `Aminata` war zwar alt, aber es wurde mit der besten Tarntechnologie ausgerüstet. So konnte es keiner sehen. Selbst unsere eigenen Leute sahen gar nichts.", sprach Dr. Dumont. „Wie dem auch sei, ich muss jetzt zur Besprechung mit Dr. Khama und den anderen Ausschussmitgliedern. Man wird nicht sehr erfreut sein."

Dr. Dumont verließ sein Büro und begab sich zur Besprechung beim Leiter der AAU. Im kleinen Beratungsraum warteten schon die einzelnen Ressortleiter. Dr. Khama hatte zu der Beratung eingeladen. Alle Anwesenden waren den klimatischen Bedingungen angepasst sommerlich gekleidet. Nur eine jüngere Dame, etwa Mitte dreißig, hatte einen dunkelblauen Overall und eine rote Bluse an. Sie hatte schulterlange blonde Haare und sah mehr wie eine Schwedin als eine Afrikanerin aus. Als Dr. Dumont den Raum betrat, sah er erstaunt zu dieser Dame und sich setzte.

Dr. Khama ergriff das Wort: „Schön das inzwischen alle anwesend sind. Ich erteile zunächst Dr. Dumont das Wort."

Dumont räusperte sich und sprach dann: „Wie sie alle wissen explodierte vor sechs Tagen die Marsstation Mars 2. Wie sie auch wissen gibt es keinen Kontakt mehr zum Planeten Kalpano. Ebenso ist seit ein paar Monaten schon ein amerikanisches Forschungsschiff verschollen. Wir glauben, dass alle Ereignisse in einem Zusammenhang stehen.", Dr. Dumont räusperte sich erneut. Die anderen Ressortleiter schauten bei der Eröffnung von Dumont etwas überrascht und ungläubig. Dumont sprach weiter: „Wir, Dr. Khama und ich, entschlossen uns in Absprache mit dem Leiter der Amerikanischen Weltraumbehörde Phil Newton der Sache nachzugehen. Wir schickten das kleine Raumschiff `Aminata` in die Singularität. Kommandantin ist Corinna Mumba."

Es entstand Bewegung im Raum. Botschafter Dr. Miller schaute etwas überrascht auf und sprach: „Soll das heißen, dass Sie trotz unserer Bedenken ein Schiff in die Singularität gesandt haben?"

„Jaa.", sprach Dr. Dumont etwas gedehnt.

„Warum? Wir waren uns bei letzten Mal doch alle einig.", Miller schüttelte den Kopf.

„Genau. Wir waren uns alle einig.", sprach auch die ägyptische Astronomin Dr. Jasmina Al-Dhabi.

„Wir hielten es für das Beste. Allerdings ist der Kontakt zum Raumschiff 'Aminata' abgebrochen. Wir wissen nicht, wo es sich befindet." sagte Dr. Khama.

„Es ist unverantwortlich. Wie konnten Sie so eigenmächtig handeln?", fragte Miller sehr aufgeregt.

„Sie haben Recht. Es war ein Fehler. Aber das hilft uns jetzt auch nicht weiter.", sprach Khama.

„Senden wir noch einmal ein Schiff. Es sollte sehr gut bewaffnet sein, um sich im Notfall auch verteidigen zu können.", schlug Dr. Miller vor.

Die junge blonde Frau räusperte sich. Dr. Khama schaute zu ihr herüber und sprach: „ Frau Vandenberg. Sie wollten etwas sagen?"

Mareike Vandenberg, so hieß die Angesprochene, war die Geheimdienstchefin der südlichen Region und stammte aus der Hauptstadt der südlichen Region von Afrika, aus Pretoria. Ihre Behörde hatte ihren Sitz in der Old Reserve Bank am Church Square in Pretoria.

„Ich bin der Meinung", begann Frau Vandenberg, „ wir sollten kein neues Raumschiff aussenden. Zwei Schiffe sind schon vermisst. Wir können uns es nicht leisten, ein weiteres Schiff zu verlieren. Wir sollten rund um das Wurmloch unbemannte Sonden postieren, welche natürlich bewaffnet sind. Eine weitere Expedition durch das Wurmloch zu schicken, wäre unverantwortlich. Anscheinend gibt es bei den anderen Ausgängen Ereignisse, welche für die Erde unvorhergesehene und gefährliche Folgen haben kann. Bewachen wir das Wurmloch und warten ab. Des Weiteren müssen wir uns auf den Ernstfall vorbereiten."

„Das ist nicht ihr Ernst.", Dr. Miller war sichtlich aufgebracht.

„Wir können unsere Leute doch nicht einfach so im Stich lassen.", meinte auch Frau Al-Dhabi.

„Was meinen sie mit Ernstfall?", wollte Dr. Dumont wissen.

„Ich meine damit einen weiteren Angriff auf die Erde.", sprach mit starrer Miene Frau Vandenberg.

„Sie sprechen hier von einer möglichen kriegerischen Auseinandersetzung?", Frau Al-Dhabi war ernsthaft entsetzt.

„Ich glaube, dass Frau Vandenberg Recht hat. Wir müssen mit dem Schlimmsten rechnen.", sagte Dr. Dumont.

„Das ist nicht ihr Ernst.", Dr. Miller wiederholte sich.

„Wir sind auf der Erde endlich ohne Kriege und fangen nun im Weltall damit an?"

„Nein. Wir fangen nicht damit an. Wir müssen nur Verteidigungsbereitschaft zeigen.", entgegnete Frau Vandenberg.

„Ich bin der gleichen Meinung.", sagte mit tiefer Stimme Dr. Khama.

„Joshua!", sprach Frau Al-Dhabi mahnend.

„Jasmina, es bleibt uns wohl nicht Anderes übrig.", sprach noch einmal Dr. Khama.

„Stimmen wir also ab!", sprach Dr. Dumont. „Wer ist für Frau Vandenberg ihr Vorschlag?"

Frau Vandenberg, Dr. Khama, Dr. Dumont und etwas zögerlich Dr. Miller hoben die Hände zustimmend.

„Jasmina?", ragte Dr. Khama.

„Ich bin dagegen.", sprach die ägyptische Astronomin.

„Gut damit ist Frau Vandenberg ihr Vorschlag mehrheitlich angenommen. Ich danke Ihnen Allen für ihr Erscheinen und für ihre Mitarbeit. Dr. Dumont, „ Dr. Khama wandte sich an den Leiter der Raumsicherheit, „leiten Sie alles Notwendige in die Wege."

Die Anwesenden erhoben sich und verließen den Raum.

13.

Auf Do-4 waren derweil die Vorbereitungen zum Beschuss des Wurmloches beendet. Die energetischen Anlagen wurden hochgefahren. Es konnte nur noch wenige Minuten dauern bis der Beschuss vorgenommen wird.

Manor von Catkutta saß in einem bequemen Sessel vor dem großen Hauptbildschirm. Er zeigte den schwarzen Sternenhimmel. Ein Offizier kam zu ihm und sagte: „Wir wären dann soweit Manor. Wollen Sie persönlich den Befehl geben?"

„Stellt zuerst eine Verbindung zur Do-Außenstation her. Ich möcht vorher mit Lesharo Ohiteka sprechen."

„Zu Befehl.", der Offizier entfernte sich.

Im nächsten Moment erschien das Bild von Lesharo Ohiteka schon auf dem Bildschirm.

Manor sprach: „Lesharo, wir sind hier soweit. Alles ist bereit!"

„In Ordnung. Fangen sie an!"

Auf dem Bildschirm erschien wieder der schwarze Himmel. Manor

Sprach laut: „Achtung. Beginnt jetzt!"

Ein leichtes Vibrieren zeugte davon, dass der Beschluss unmittelbar bevorstand. Plötzlich zeigte sich ein gleißender Blitz auf dem Bildschirm und eine gewaltige Explosion erfolgte. Es zeigte sich wie aus dem Nichts eine gigantische Energiewelle. Mit einer unglaublichen Geschwindigkeit raste diese Welle auf den Planeten Do-4 zu. Manor sprang auf. Im gleichen Moment traf die Welle den Planeten. Alles fing an zu bärsten. Blitze zuckten überall. Nach nur Sekunden barst der Planet auseinander.

Nur langsam schwächte sich die Energiewelle ab. Selbst am Rande des Systems Do war sie noch deutlich zu spüren. Die Raumstation, auf welcher sich Lesharo Ohiteka befand, wurde getroffen. Sie war noch stark genug, um erhebliche Schäden zu verursachen. Ganze Teile der Wandverkleidung lösten sich. Zwei Besatzungsmitglieder wurden davon getroffen und starben. Lesharo und ein Wachoffizier überleben. Zu ihrem Glück wurde sie Station nicht so stark beschädigt, dass sie ein Leck bekam.

„Was ist passiert?", schrie Lesharo.

„Ich weiß nicht genau. Wahrscheinlich war der Beschuss zu stark, sodass diese gewaltige Energiewelle erzeugt wurde. Das Planetensystem ist völlig zerstört. Der Planet Do-4 existiert nicht mehr. Wir müssen uns in die Rettungskapseln begeben. Sie fliegen auch mit Warp. Wir können das nächste Sternensystem damit erreichen. Folgt mir!", antwortete der Wachoffizier.

Der Offizier und Lesharo begaben sich zu den Luken der Rettungskapseln. Jede Kapsel war nur für einen Passagier gedacht. Sie verfügten über einen leistungsfähigen Warpantrieb. Sie waren mit einem Lebenserhaltungssystem, Lebensmittel- und Wasservorräten für mehrere Tage und einer leichten Bewaffnung ausgerüstet.

Lesharo und der Offizier stiegen jeder in eine der Kapseln lösten die Andockklemmen und flogen davon.

14.

„Wir sind gleich da!", sprach Samantha.

„Sobald wir am Rand der Wolke sind, schalte den Warpantrieb aus und zünde die Ionentriebwerke.", sagte Corinna.

„Okay."

Eine Minute später schaltete Samantha den Warpantrieb aus und zündete wie befohlen die Ionentriebwerke.

„Die Kometenwolke ist viel kleiner als unsere Oortsche Wolke. Aber mit den Ionentriebwerken brauchen wir immer noch fünf Wochen bis wir durch sind.", Samantha sah Corinna an während sie dies sagte.

„Gabriel, wieviel Antimaterie haben wir noch?", fragte Corinna.

„Zwanzigtausend Liter. Damit könnten wir quer durch die Galaxie reisen.", antwortete Gabriel.

„Sehr gut. Sam, geh auf ein Drittel Lichtgeschwindigkeit.", sprach Corinna.

„Eye, eye, Käpt`n."

„Wie lange brauchen wir?", wollte Onatah wissen.

„Etwa zwei Stunden.", antwortete Samantha.

Das Schiff kam sehr gut durch. Nur einmal mussten sie einem großen Brocken auswelchen. Das war mit Lichtgeschwindigkeit kein leichtes Unterfangen. Immerhin flogen sie noch mit einhundert Tausend Kilometer in der Sekunde. Die Langstreckenscanner arbeiteten aber sehr zuverlässig. Als sie die Kometenwolke hinter sich gelassen haben, stoppten sie zunächst. Sie wollten erst das System genau ausmessen.

Plötzlich registrierten die Instrumente eine extrem starke Wolke aus Neutrinos.

„Was ist los?", fragte Corinna.

„Hinter uns gab es eine gewaltige Explosion. Ich weiß nicht genau was es ist.", antwortete Samantha.

„Schalt die Kamera auf Achtern!", befahl Corinna.

Auf dem Monitor sahen sie eine gewaltige Wolke heißen Gases. Es musste allerdings sehr weit weg sein.

Corinna sprang auf und rief: „Was ist das?"

„Keine Ahnung. Ich versuche es festzustellen.", antwortete Samantha.

„Es muss sehr weit weg sein.", bemerkte Onatah.

„Ich habe den Ursprung gefunden. Es ist das Wurmloch. Es ist explodiert. Es ist nicht mehr da. Durch die Explosion ist es völlig in sich zusammengefallen. Es wird wohl ein schwarzes Loch übrig bleiben. Was kann das nur verursacht haben?"

„Ich habe es euch gesagt. Lesharo Ohiteka wollte schon einmal das Wurmloch zerstören. Bei einem solchen Versuch ist wahrscheinlich auch eure Station zerstört worden. Offensichtlich ist es ihm nun gelungen, das Wurmloch zu schließen. Er kann jetzt ungestört seine Macht ausweiten. Er hat sich sehr vor der Menschheit gefürchtet. Jetzt ist der Weg für ihn frei.", sagte Onatah.

„Sie hat Recht. Dieser verfluchte Imperator will sein Reich mit aller Gewalt ausbauen. Da kann er keine Störung gebrauchen.", bestätigte Saydala.

„Verdammt. Wie sollen wir jetzt nach Hause kommen. Wir wissen ja noch nicht einmal genau wo wir uns befinden.", sprach Gabriel verzweifelt.

15.

In der Forschungsstation Desmarest auf dem Charon, welches normalerweise Kryovulkane untersucht, verzeichnete man einen plötzlichen erheblichen Anstieg von Tachyonen. Da man allerdings die nicht genauer untersuchen konnte, meldete man dies sofort an die europäische Raumstation „Max Wolf", die in Höhe der Saturnbahn um die Sonne kreist. Dort stellte man fest, dass die erhöhten Strahlungswerte aus dem Wurmloch kamen. Sofort informierte man die Erde.

Im Konferenzraum der Afrikanischen Astronautischen Union haben sich die Verantwortlichen zu einer Besprechung eingefunden.

Dr. Khama eröffnete kurz die Besprechung: „Meine Damen und Herren, gestern früh übermittelte uns die Raumstation 'Max Wolf' einen plötzlichen Anstieg von Tachyonen aus Richtung des Wurmlochs. Man schickte sofort von dort eine Sonde hinein. Diese meldete uns beunruhigende Daten. Ich habe Herrn Dr. Naftali Goldstein von der Israelischen Akademie der Naturwissenschaften und Herrn Dr. Alim Nadir von der Universität in Palästina gebeten dies zu untersuchen. Beide sind bekanntlich Experten für Tachyonen und interstellare Strahlung. Beide sind uns aus Jerusalem zugeschaltet. Bitte meine Herrn!"

„Guten Tag meine Damen und Herren", begann Dr. Nadir, "wir sind beide zu dem gleichen Schluss gekommen, dass es eine Katastrophe in der Nähe eines Ausgangs vom Wurmloch gegeben haben muss.

Die Daten von der europäischen Raumstation waren
eindeutig. Wir stellten fest, dass es auch einen
ungeheuren Energieschub gegeben haben muss. Eine
deutliche Erhöhung von Photonen und
Protonenstrahlung lässt keinen anderen Schluss zu."

„Bei umfangreichen Scans stellten wir fest", sprach
Dr. Goldstein, „dass einige Ausgänge an der
Peripherie des Wurmlochs verschwunden sind. Dies
lässt keinen anderen Schluss zu, dass einige Ausgänge
gewaltsam geschlossen wurden. Ob es ein bewusster
kriegerischer Akt oder ein fehlgeschlagenes
Experiment war, können wir von hier aus nicht sagen.
Fakt ist, einige Ausgänge sind geschlossen."

„Können wir sagen welche dies sind?", wollte Frau Al-
Dhabi wissen.

Dr. Goldstein räusperte sich: „Verzeihung, dass ich
dies nicht gleich erwähnte. Der Ausgang zu Kalpano
ist definitiv geschlossen. Welche anderen Ausgänge
noch betroffen sind, können wir noch nicht genau
sagen. Die Untersuchungen sind noch nicht
abgeschlossen. Aber wir müssen uns wohl darauf
eistellen, dass das Wurmloch vielleicht für immer
ganz geschlossen bleibt. Warum unser Ausgang nicht
betroffen ist, wissen wir nicht genau. Durch unsere
Sicherungsmaßnahmen am Wurmloch, auf Grund des
vermutlichen Anschlags auf unsere Marsstation, ist
unser Ausgang vermutlich nicht beschädigt worden.
Die Strahlungsbarrieren haben, so denken wir, als
Schutzschild gedient."

„Soll das heißen, dass der Kontakt zu Kalpano
endgültig abgerissen ist? Und was ist mit unserem
Schiff, welches wir vor kurzem hineingeschickt
haben?", fragte Dr. Dumont.

„Sind wahrscheinlich verloren! Selbst wenn sie leben
sollten, sehen wir keine Möglichkeit, dass sie nach
Hause finden. Alle Ausgänge des Wurmlochs sind
tausende Lichtjahre entfernt. Selbst mit unserer
Warptechnologie würde es Jahrhunderte dauern bis
ein Raumschiff wieder zurück wäre.", sprach Dr.
Nadir.

Betretenes Schweigen im ganzen Raum.

16.

Sie schauten alle wie verzweifelt auf den Monitor. Ihr
einziger Weg in die Heimat war für immer
geschlossen. Sie waren für immer in der Ferne
gefangen. Corinna fasste sich als erstes.

„Wir haben schon mehrmals solche Situationen
erlebt. Es gibt immer einen Weg nach Hause. Wir sind
irgendwo im Outer-Arm der Milchstraße. Wir werden
genau feststellen, wo wir sind. So schwer dürfte es
nicht sein. Wie der Angriff auf die Erde zustande kam,
wissen wir nun. Jetzt wollen wir auf die Suche nach
Otekah gehen.", Corinna sprach sehr gefasst.

Betretendes Schweigen aller folgte.

„Sam, scanne dieses System.", befahl Corinna und holte tief Luft.

Nach ein paar Sekunden sprach Samantha: „Also, im Zentrum gibt es einen roten Zwerg, Spektralklasse M5.5. Es gibt tatsächlich elf Planeten. Wenn sich hier das Hauptquartier befindet, ist es sehr schlecht bewacht. Ich finde keine Raumstation oder etwas Ähnliches. Nichts deutet auf irgendwas Künstliches hin. Ich kann mir nicht vorstellen, dass hier irgendjemand lebt."

„Eigenartig. Es sieht so aus, als hätte dieser Sibol dich geleimt.", stellte Corinna fest und sah Onatah an. Alle schauten auf die Instrumente.

„Halt!", rief Samantha, „ich habe hier was auf den Anzeigen. Es ist ein Raumschiff. Es ist nicht sehr groß. Es kommt immer näher mit hoher Geschwindigkeit."

„Wo kommt das plötzlich her?" wollte Corinna wissen.

„Es muss hinter der zehnten Planeten gewesen sein." sagte Samantha.

„Laserkanonen laden. Gravitationsfelder an!" befahl Corinna.

Das fremde Schiff näherte sich bis auf wenige hundert Meter.

„Das sind Devillaner!" schrie Otekah.

Plötzlich löste sich ein blendend weißer Strahl von dem Schiff. Ein schwerer Stoß schüttelte die Crew. Saydala stürzte von ihrem Sitz.

„Feuer erwidern!" befahl Corinna.

Es gab ein heftiges Gefecht. Die äußeren Gravitationsfelder verhinderten, dass es schwere Schäden am Schiff gab.

Aber die gesamte Crew wurde kräftig durchgeschüttelt.

Plötzlich meldete Samantha: „Wir wurden soeben mit einem Kraftfeld umhüllt. Unsere Gravitationsfelder könnte dem kaum etwas entgegenhalten. Unsere Felder werden immer schwächer." Samantha ihre Stimme wurde immer lauter.

„Voller Schub. Wir müssen da heraus!" schrie Corinna.

„Unsere Geschwindigkeit verlangsamt sich. Das fremde Schiff versucht uns zu sich herüber zu ziehen! Wir werden es nicht schaffen!" rief Samantha.

„Torpedo laden, Ziel erfassen und feuern!" rief Corinna zu Onatah.

Onatah tat wie ihr geheißen. Das Torpedo traf das fremde Schiff mit voller Wucht. Durch das gegnerische Kraftfeld wurde die Aminata völlig gestoppt. Das Kraftfeld des fremden Schiffes erlosch. Sie waren aber wieder frei. Das fremde Schiff drehte ab und flog langsam davon. Durch das Torpedo hatte es wahrscheinlich große Schäden davon getragen.

Onatah sah auf den Bildschirm. Plötzlich zeigte Saydala auf den großen Monitor. „Da war eben etwas Merkwürdiges!"

„Was?", wollte Corinna wissen.

„Ich weiß nicht. Etwas Schwarzes. Es verdeckte einige Sterne und wanderte."

„Ein schwarzes Loch?", fragte Gabriel.

„Ich kann nichts feststellen.", sprach Samantha und schaute auf die Scanner.

Alle schauten auf den großen Bildschirm. Aber es war nichts außer ein paar Sternen zu sehen.

„Da wieder.", schrie erneut Saydala.

„Ich habe es auch gesehen.", sprach Gabriel.

Jetzt sahen es alle. Es war klein, rund und tiefschwarz.

„Wir sollten es untersuchen. Vielleicht ist es eine Station?", sagte Onatah.

„Gut. Sam, schalte die Ionentriebwerke ein. Fliegen wir zunächst mit fünfhundert Kilometer pro Sekunde.", sagte Corinna.

„Okay. Ich sehe auf den Scannern immer noch nichts.", antwortete Samantha.

Langsam flog das Schiff in Richtung dieses unbekannten Phänomens. Nach etwa einer Minute schien das Schiff zu beschleunigen.

„Sam, du sollst nicht beschleunigen!", sagte Corinna.

„Ich beschleunige nicht. Es scheint so, als würde uns dieses Ding anziehen."

„Alle Triebwerke stopp.", befahl Corinna.

Samantha stoppte alle Triebwerke. Trotzdem flogen sie immer noch auf das schwarze Phänomen zu.

„Was ist los, Sam? Warum fliegen wir immer noch weiter?", Corinnas Stimme wurde immer lauter.

„Wir werden von dem Ding angezogen."

„Wie weit ist es noch weg?"

„Keine Ahnung. Ich messe noch nicht einmal, dass es überhaupt da ist."

Plötzlich vibrierte das ganze Raumschiff. Sie wurden richtig durchgeschüttelt. Auf dem Bildschirm waren keine mehr Sterne mehr zu sehen. Es war stockdunkel. Plötzlich umgab sie eine gleißende Helligkeit. Alle kniffen die Augen zusammen. Allmählich ließ das Licht nach.

„Was war das?", schrie Corinna.

„Keine Ahnung.", sprach Samantha.

„Was ist mit dem schwarzen Ding?", wollte Gabriel wissen.

„Ich sehe es nicht mehr, aber hinter uns ist eine starke weiße Lichtquelle."

„Was für eine Lichtquelle?", fragte Corinna laut.

„Ich weiß es nicht. Auf den Instrumenten kann ich nichts sehen. Keine Energieanzeigen. Keine Neutrinos. Einfach gar nichts." rief Samantha.

„Was ist mit dem roten Zwerg?", wollte Corinna wissen.

„Er ist nicht mehr da. Es ist zwar ein roter Zwerg da, aber er gehört zu einem Dreifachsystem. Ein roter Zwerg, ein weißer Zwerg und ein Hauptreihenstern der Spektralklasse K1. Es ist überhaupt alles anders. Die Sterne sind anders. Wenn ich richtig messe, sind wir nur etwa siebzehn Lichtjahre von zu Hause

entfernt." Samantha hantierte ganz aufgeregt auf
den Scanner herum.

„Waas? Das gibt es doch gar nicht.", Gabriel war ganz
aufgeregt.

„Ich bin mir sicher. Da wären wir fast zu Hause. Nur
ein paar Sterne sind nicht an der Stelle wie zu Hause."
sprach Samantha.

„Das verstehe ich nicht. Sind wir nun zu Hause oder
nicht?", fragte Corinna.

„Es ist alles ein bisschen anders. Es gibt einige geringe
Abweichungen.", Samantha hantierte auf ihre Pult.

„Wo sind wir denn nun genau?", Corinna wurde
schon ungeduldig.

„Also dieses System ist 40 Eridani. Ich bin mir sicher.
Und unsere Flugbahn zeigt, dass wir genau aus dem
weißen Zwerg hinter uns gekommen sind."

„Unmöglich!", rief Corinna.

„Wie kann das sein?", fragte auch Gabriel.

„Wir sind genau aus dem weißen Zwerg geflogen.
Unsere Instrumente zeigen dies eindeutig.", beharrte
Samantha.

„Unsere Instrumente müssen defekt sein!", sprach
Corinna.

„Nein. Unsere Instrumente stimmen. Das grelle
weiße Licht war dieser weiße Zwerg. Eindeutig!",
sagte Samantha.

„Ich verstehe das nicht.", Onatah schaute in die
Runde.

„Es gibt da eine Theorie. Sie gibt es schon seit dreihundert Jahren. Aber sie konnte bis heute nicht nachgewiesen werden.", sprach Samantha.

„Was für eine Theorie?", unterbrach Corinna sie.

„Sie besagt, dass es schwarze Löcher und weiße Löcher gibt. Die schwarzen Löcher sind der Eingang zu einem Wurmloch und die weißen Löcher sind der Ausgang. Es handelt sich um kosmische Einbahnstraßen. Nicht wie herkömmliche schwarze Löcher oder Singularitäten. Diese schwarzen Löcher sind sehr alt und haben schon sehr viel an Energie verloren. Es ist ja nachgewiesen, dass schwarze Löcher verdampfen und dadurch sehr viel Energie verlieren. Es sind praktisch kalte schwarze Löcher. Durch die Gravitationskomponenten unserer Warptriebwerke sind wir bei dem Flug durch Singularitäten geschützt. Und dieses Dreifachsystem ist...", Samantha schaute noch einmal auf ihre Instrumente, „...ist wahrscheinlich 40 Eridani. Und wir sind gerade durch eine solche Einbahnstraße geflogen."

„Das glaube ich nicht. Das kann doch nicht sein!", sprach Gabriel.

„Doch! Es ist so. Eindeutig ist es dieses Dreifachsystem 40 Eridani.", sagte noch einmal Samantha. „40 Eridani A ist ein Stern der Klasse K1, 40 Eridani C ist ein Roter Zwerg Klasse M4.5 und wir kamen aus 40 Eridani B. Dies wird als weißer Zwerg der Klasse DA4 eingestuft. Nun hat es sich aber als weißes Loch entpuppt. Und alles zusammen wird auch als Dreifachsystem Keid bezeichnet. Wir sind also nur 16 Lichtjahre von zu Hause entfernt!"

„Was ist mit dem fremden Schiff?" wollte Corinna wissen.

„Es ist nicht hier. Es ist uns nicht gefolgt!" antwortete Samantha.

„Unglaublich! Na gut. Wenn dem so ist. Dann flieg nach Hause. Unsere Heimat ist jetzt nicht mehr fern. Starte den Warpantrieb!", rief Corinna.

„Okay."

„Wie lange werden wir brauchen?"

„Ca. 6 Stunden!"

„In Ordnung. Bis dahin werden wir ein bisschen ruhen. Wir haben alle schon lange nicht mehr geschlafen. Wir wollen unseren Leuten doch ausgeruht erscheinen. Ich werde die erste Wache übernehmen. Samantha wird mich in drei Stunden ablösen. Einverstanden?", Corinna schaute in die Runde.

„Nein!", sprach Gabriel. „Was wird aus Otekah? Wir müssen irgendwie zurück. Wir können sie doch nicht einfach im Stich lassen!"

„Wir werden zu Hause vor dem Wissenschaftsrat vorsprechen und einen Weg finden, wie wir wieder zurückkommen. Das Wurmloch existiert ja nun wahrscheinlich nicht mehr.", Corinna schaute erneut in die Runde.

„Du hast Recht. Ich werde die erste Wache übernehmen. Du", Gabriel holte tief Luft und sah zu

Corinna, „hast bisher von uns Allen am wenigsten geruht. Sam wird mich ablösen.“

„Genauso machen wir es.“, stimmte Samantha ihm zu.

„Keine Widerrede Corinna!“, sprach Gabriel.

„Gut. Ich danke euch. Also gute Nacht.“ sagte Corinna.

„Gute Nacht.“ sagte Samantha.

Alle außer Gabriel gingen auf ihre Zimmer und legten sich hin.

17.

Die Nachtwache von Gabriel verlief ruhig. Nichts ereignete sich. Er schaute sich gerade ein paar Videosequenzen an, als Samantha hereinkam.

„Hallo Gabriel. Ich werde dich jetzt ablösen. War alles ruhig?“, sprach sie.

Gabriel sah auf seine Uhr und sagte: „Sieh an. Wie die Zeit vergeht. Hast du gut geschlafen? Hier ist alles okay. Nichts ist passiert. Wir müssen bald bei der Oortschen Wolke sein.“

„Ich hab nicht so gut geschlafen. Leg dich jetzt schlafen. Ich werde die Geschwindigkeit etwas reduzieren. In der Oortsche Wolke werden wir nur mit einem Drittel der Lichtgeschwindigkeit fliegen. Sicher ist sicher. Also dann gute Nacht!“

„Was davon übrig ist. Gute Nacht!“

Samantha setzte sich hin und starrte auf den Bildschirm. Alles schien ruhig zu sein. Nichts tat sich. Samantha sah sich gerade ein paar Sternenkarten an. Irgendetwas machte sie stutzig.

„Irgendetwas stimmt hier nicht", sprach sie zu sich selbst. Sie sah genauer auf die Sternenkarten und verglich sie mit ihren aktuellen Messungen. Hastig führte sie einige Berechnungen durch.

„Das gibt es doch nicht! Das kann nicht wahr sein!", sprach sie wieder zu sich selbst. Sie überlegt kurz.

Dann drückte sie den Alarmknopf. Eine schrille Quäke ging durch das ganze Schiff.

Corinna kam herein gestürzt: „Was ist los?", fragte sie aufgeregt.

Auch Gabriel, Onatah und Saydala kamen ganz aufgeregt auf die Brücke. „Was ist passiert?", fragte auch Gabriel.

„Passiert ist noch nichts. Aber, " sie sah in die Runde, „ihr erinnert euch, dass ich gestern sagte, dass es ein paar kleine Abweichungen gibt?", sie sah erneut von einem zum anderen. „Ich weiß was nicht stimmte!"

„Nun sag schon und spann uns nicht länger auf die Folter!", sprach Corinna.

„Alsooo...," sagte Samantha gedehnt, „die Abweichungen lassen sich nur erklären mit einer zeitlichen Verschiebung. Dass ich nicht gleich darauf gekommen bin! Wenn ich die Sternenkarten mit unserem jetzigen Koordinaten vergleiche, dann sind wir etwa siebenhundert Jahre in der Zukunft."

Samantha sah in die verblüfften Gesichter der
Anderen.

„Das kann nicht sein!", entfuhr es Corinna.

„Doch, eindeutig. Das ist die einzige plausible
Erklärung." sprach Samantha.

„Noch mal langsam. Wir sind also im dreißigsten
Jahrhundert und nicht mehr im
zweiundzwanzigsten?", fragte Gabriel ungläubig.

„Genau. Wahrscheinlich erste Hälfte des dreißigsten
Jahrhundert!"

Corinna sah auf die Karten und verglich sie mit den
gemessenen Koordinaten. Sie schüttelte dabei
immerzu mit dem Kopf.

„Ich verstehe nur nicht, dass wir dann hier draußen
kurz vor der Oortsche Wolke keinen Kontakt haben.
Wenn ich euch richtig verstanden habe, sollte nach
siebenhundert Jahren Weiterentwicklung die
Menschheit hier draußen präsent sein!", sprach
Onatah.

„Sollte man meinen. Ich habe aber noch einmal alle
Frequenzen durchsuchen lassen. Nichts, gar nichts!
Die Erde und ihre Außenstationen ebenso.", sagte
Samantha.

„Wenn das das dreißigste Jahrhundert ist, muss die
Menschheit längst hier draußen präsent sein!",
wiederholte Corinna.

„Das stimmt. Ihr hattet bereits den Auftrag den
Kuipergürtel zu vermessen. Die äußerste
Außenstation war auf dem Jupitermond Europa. Das

kann nicht wahr sein. Irgendetwas muss die Scanner stören.", meinte Gabriel.

„Also. Was machen wir jetzt?", fragte Samantha.

„Na, wir fliegen weiter. Was bleibt uns anderes übrig. Aber etwas langsamer, nur ein Drittel Lichtgeschwindigkeit. Bis zum äußeren Rand vom Kuipergürtel. Dort stoppen wir zunächst. Okay?", sprach Corinna und als keine andere Meinung hörte, „na dann, alle auf ihre Plätze! Sam, wie lange brauchen wir?"

Samantha sah auf die Instrument und sprach: „Etwa 4 Stunden."

„Wunderbar. Da die Nacht etwas kurz ausfiel, werde ich mich nun wieder hinlegen. Und ihr, " Corinna sah zu Saydala, Onatah und Gabriel, „ihr legt euch lieber auch noch aufs Ohr."

„Das du jetzt an Schlaf denken kannst.", sagte Gabriel zu Corinna.

„Ganz recht. Wir müssen morgen ausgeschlafen sein. Wer weiß, was uns erwartet. Ich denke mal nichts Gutes. Sam, wir lösen dich in vier Stunden ab.", sprach Corinna und ging in ihr Zimmer.

Onatah, Saydala und Gabriel gingen ebenfalls.

17.

Nach vier Stunden kam Corinna immer noch stark gähnend auf die Brücke. „Wer den Wecker wohl erfunden hat? Den müsste man heute noch erschlagen.“

„So kenne ich dich. Hast du schon mal bemerkt, dass du immer Hunger hast und müde bist?“, fragte Samantha.

„Ich kann nichts dafür. Fred liebt mich so.“

„Du kannst froh sein, dass du ihn hast.“

„Das bin ich auch. So, “ Corinna setzte eine strenge Miene auf, „und jetzt erzähl mal, wo wir wirklich sind.“

„Zu Befehl, Käpt`n“, antwortete Samantha. „Wir sind etwa am Rand vom Kuipergürtel. In wenigen Minuten müssten wir beim Pluto sein.“

„Na dann schauen wir mal. Ich werde noch einmal alles scannen. Und du? Ab ins Bett!“, befahl Corinna.

„Eye, eye Käpt'n.“ Samantha schlug militärisch die Hacken zusammen und hielt die flache Hand an die Schläfe und verließ den Raum. Corinna lächelte und schüttelte dabei mit dem Kopf.

Inzwischen kamen auch die drei anderen, erst Onatah und dann Saydala und Gabriel zusammen auf die Brücke. Corinna nahm Platz. Onatah setzte sich an den Navigationspult und Gabriel ging an den Kommunikationsplatz. Saydala setzte sich neben ihn.

Corinna sah auf ihre Instrumente und schüttelte immer wieder den Kopf. Wieder und wieder scannte sie die Umgebung. Aber nichts zeigte sich.

„Gabriel“, Corinna sprach Gabriel an, „was sagen deine Instrumente?“

„Nichts. Gar nichts. Kein noch so kleines Piepen. Ich höre nur das Hintergrundrauschen. Sonst nichts.“

„Das gibt es doch gar nicht! Das gibt es doch gar nicht! Es können doch nicht alle unsere Geräte defekt sein!“, Corinna schüttelte immer wieder ungläubig den Kopf. Plötzlich ertönte ein Signal.

„Was ist?“, fragte Corinna.

„Ich habe hier etwas auf meinem Monitor!“, sprach erregt Onatah.

„Was hast du? Geht es ein bisschen genauer?“, fragte Corinna.

„Schwer zu sagen. Etwas Metallisches auf jeden Fall.“

„Entfernung!“

„Etwa 3 Millionen Kilometer.“

„Voller Stopp!“, rief Corinna.

Trotz der künstlichen Gravitation und von Gravitationsdämpfern wären sie fast aus ihren Sitzen gefallen. Das Raumschiff stoppte innerhalb von einigen Sekunden. In etwa fünfhunderttausend Kilometer Entfernung befand sich nun das unbekannte Objekt.

„Zeig mir das Objekt auf dem Schirm!“, sprach Corinna.

Auf dem Hauptschirm war nichts zusehen außer den vielen tausend Sternen und im Mittelpunkt der hellste Stern, die Sonne.

„Wo ist es?“, fragte Gabriel.

„Moment! Ich hol es näher ran.“, antwortete Onatah. Sie ging mit den optischen Geräten auf volles Zoom.

Jetzt sahen es alle. Es war ein zylindrischer metallischer Körper. Genaueres war bei den schwachen Lichtverhältnissen nicht zu sehen.

„Sieht wie ein Schiff aus.", meinte Onatah.

„Da sind irgendwelche Zeichen an der Seite. Aber ich kann sie nicht genau erkennen. Es ist einfach zu dunkel.", sagte nun Saydala. Sie hatte die ganze Seite bewegungslos neben Gabriel gesessen und dem Geschehen aufmerksam gefolgt.

„Du hast Recht. Das sind vielleicht sogar Schriftzeichen. Fliegen wir langsam hin. Tausend Kilometer pro Sekunde. Fünfhundert Meter vor dem Schiff bitte halten. Gabriel", Corinna schaute zu dem Angesprochenen, „ruf es auf allen Frequenzen!"

Nichts war zu hören. Gabriel rief das vermeintliche Raumschiff pausenlos. Aber eine Antwort erfolgte nicht.

Wie geplant hielten sie in fünfhundert Meter Entfernung. Corinna schaute zu Gabriel. Dieser schüttelte vielsagend den Kopf. Totenstille herrschte im Schiff. Auch Onatah empfing nichts. Corinna richtete den großen Scheinwerfer aus und schaltete ihn ein. Alle sahen nun deutlich ein etwa fünfzig Meter langes zylindrisch geformtes schlankes Objekt. Die Oberfläche war sehr glatt. Fenster waren nicht zu sehen. An der Seite waren deutliche Zeichen zu erkennen. Corinna schien ihren Augen nicht zu trauen. Auch die anderen waren höchst erstaunt als sie die Zeichen sahen. An der Seite stand in deutlichen Lettern TERRA 11.

„Das ist ein Schiff von der Erde!", sprach eine laute
weibliche Stimme von hinten.

Corinna, Onatah, Gabriel und Saydala schauten sich
erschrocken um. In der Tür stand auf einmal
Samantha.

„Sam", sprach Corinna, „wir haben dich gar nicht
kommen hören."

„Das habe ich bemerkt. Ich stehe schon ein paar
Minuten hier."

„Na gut. Onatah flieg langsam ganz nah an das Schiff
und stoppe in fünfzig Meter Entfernung.", sagte
Corinna und zu Samantha gewandt, „Sam, mach das
kleine Schiff fertig. Du, Gabriel und Onatah, ihr
werdet rüber fliegen."

Langsam bewegte sich das Schiff vorwärts. Samantha
ging unterdessen in den kleinen Hangar, um das
kleine Landungsschiff abflugbereit zu machen.

18.

Langsam näherte sich das kleine Schiff dem
Raumschiff TERRA 11. Eine kleine Andockluke wurde
sichtbar. Samantha steuerte das Schiff an die Luke
heran. Dabei wurden Spuren von Meteoriten
sichtbar.

„Wir sehen hier eine Luke. Sieht zumindest danach
aus. Sie hat zwei nebeneinander liegende kleine

Fenster. Wir werden versuchen anzudocken.", meldete Samantha.

Im Raumschiff verfolgten sie das Geschehen. Sie konnten es immer noch kaum fassen, dass hier draußen in fast 6 Milliarden Kilometern Entfernung von der Erde ein Raumschiff liegt, welches sich nicht meldet und auf keinen Ruf reagiert, als wenn die Besatzung das Schiff verlassen hatte oder tot ist.

Nach zwanzig Minuten gelang das Andockmanöver. Es war nicht leicht an ein unbekanntes Raumschiff anzudocken, auch wenn es von der Erde stammte. Keine Andockklammern oder andere Verbindungen stimmten überein. Das kleine Schiff verfügte über eine Vorrichtung mit der man sich praktisch ansaugen kann an ein unbekanntes Objekt. Aber auch dabei musste man vorsichtig sein. Das andere Objekt konnte beschädigt sein. Auch mussten penible Scans über Strahlungen durchgeführt werden. Im Cockpit machte Onatah auch Scans vom Inneren des Raumschiff TERRA 11.

Samantha und Gabriel legten sich unterdes ihre Raumanzüge an und begaben sich in die Andockschleuse. Sie schlossen die Schleuse und ließen die Luft absaugen. Nun war das Landungsschiff mit dem Raumschiff TERRA 11 verbunden.

„Ich versuche jetzt die Luke zu öffnen.", meldete sich Samantha. Sie suchte nach irgendeinem Öffnungsmechanismus, konnte aber nichts sehen. Sie schaute kurz in eines der kleinen Fenster, konnte ab

nicht im Inneren erkennen. „Hier muss doch
irgendetwas sein?"

„Bei einer Havarie muss ein Schiff auch von außen zu
öffnen sein. Onatah, kannst du etwas auf den Scans
sehen?", sprach Gabriel.

„Warte, ich schau mir die Luke gerade durch die
Scanner gerade noch einmal genauer an.", sie tastete
alles noch einmal ab. „Zumindest ist in dem
Raumschiff keine Bewegung auf den Scannern zu
sehen. Die Temperatur im Inneren beträgt 10°C. Die
Wärmeregulierung funktioniert also. Das heißt, dass
es noch Energie im Raumschiff gibt. Ich glaube, ich
hab etwas. Etwa zehn Zentimeter unter den Fenstern
ist eine Art Kasten. Er ist auch zehn Zentimeter groß.
Seht ihr Ihn?"

„Ja, den sehe ich!", sagte Samantha und zeigte
Gabriel den Knopf.

„An der Seite des Kastens sind zwei kleine
Vertiefungen rechts und links. Drücke sie bitte. Dann
müsste bei dem Kasten ein kleiner Deckel
aufspringen und ein weiterer kleiner Knopf kommt
zum Vorschein."

Samantha versuchte mehrfach mit ihren dicken
Handschuhen des Raumanzuges die Vertiefungen zu
drücken. Aber nichts geschah.

„Es passiert nichts! Vielleicht sind meine Handschuhe
zu dick. Wir schauen mal in den Verbandskasten, ob
wir dort was Geeignetes finden." In jedem
Raumschiff und Landeschiff befand sich

Verbandskasten für eventuelle Notfälle. Dort befanden sich einige Klemmen, ein Overholt und eine kleine Schere. Samantha nahm die Schere und den Overholt und drückte beides in die Vertiefungen am Kasten. Sofort sprang ein kleiner Deckel auf und ein kleiner roter Knopf kam zum Vorschein.

„So erledigt. Soll ich den Knopf drücken?", fragte Samantha.

„Ja. Er öffnet eine Schiebtür. Sie müsste sich, von dir aus gesehen, nach rechts öffnen!", antwortete Onatah.

Samantha drückte den Knopf. Ein lautes metallisches Geräusch war zu hören, aber die Tür ging nicht auf.

„Wir werden etwas nachhelfen.", sagte Gabriel.

Samantha und Gabriel stemmten sich an die Tür und versuchte mit Muskelkraft die Tür zu schieben. Es gelang ihnen aber nur sehr langsam. Es dauerte einige Minuten bis sie die Tür auf hatten. Samantha und Gabriel betraten vorsichtig die TERRA 11. Jeder hatte einen kleinen Handscanner mit. Sofort ging im Gang ein helles Licht an. Sie sahen einige Instrumente an der linken Seite.

„Hier leuchtet und blinkt allerhand.", sprach Gabriel.

„Fass nur nichts an.", mahnt Samantha.

„Ich kann mich beherrschen. Wer weiß, was sonst passiert. Die Luft, " er schaute auf seinen Scanner, „ ist atembar." Samantha und Gabriel nahmen ihre Helme ab.

Vom Landeschiff meldete sich Onatah: „Am Ende des Ganges geht es nach links in Richtung Bug. Rechts und links befinden sich jeweils drei Räume. Am Ende ist ein großer Raum. Ich denke, dass dies die Brücke ist. Die letzte Tür auf der rechten Seite führt wahrscheinlich zu einer Treppe zur Ebene darunter.“

„Der große Raum könnte auch ein Kabinett sein oder die Kombüse.“, meinte Gabriel.

„Was ist eine Kombüse?“, fragte Onatah.

„Eine Kombüse ist die Küche. Das ist eine alte Bezeichnung von der Erde. Sie wurde schon auf alten Segelschiffen, welche die Meere befuhren, benutzt.“, sagte Gabriel.

Samantha fragte: „Wie viele Ebenen gibt es? Kannst du dies genau feststellen?“

„Ich sehe auf dem Scanner zwei Ebenen. In der unteren sind zwei große Räume und zwei kleinere. Der hinterste Raum ist der kleinste. Seltsam...!“, Onatah stockte.

„Was ist?“, wollte Samantha wissen.

„Der kleinste Raum, es sind höchstens fünfzehn Quadratmeter, ist eiskalt. Minus fünfzig Grad!“

„Wir schauen ihn uns dann mal an. Wir gehen erst einmal ganz vor, wo wahrscheinlich die Brücke ist.“

Samantha und Gabriel erreichten den vordersten Raum. Als sie davor standen, ging die Tür selbstständig auf. Sie sahen einen großen Raum. Gegenüber vom Eingang war ein großes Fenster. Sie sahen deutlich ihr kleines Landungsschiff. Im Raum ging es mehrere Stufen nach unten. Auf jeder Ebene standen mehrere Pulte mit verschiedenen leuchtenden Anzeigen. An den Wänden blinkten viele Instrumente und Anzeigen. Auf der obersten Ebene stand ein großer Sessel mit einem kleinen Pult. Hier waren nur wenige Anzeigen zu sehen. An jedem Pult waren transparente große Glasscheiben, offensichtlich Monitore, angebracht. Als Samantha und Gabriel eintraten veränderte sich das Fenster. Sie sahen jetzt auch einige Anzeigen. Es wurden Daten zu ihrem Landungsschiff angezeigt. Sie konnten alles lesen. Die Schrift war Latein und die Sprache Englisch.

„Na prima. Hier steht alles in englischer Sprache. Also Verständigungsschwierigkeiten hätten wir schon mal nicht.", sagte Gabriel.

„Gabriel, schau du dir die untere Ebene an. Ich versuche mal den Computer in Gang zu setzen, damit wir herausfinden, was hier passiert ist. Es muss einen Grund geben, warum die Besatzung das Schiff verlassen hat.", rief Corinna von der Aminata.

„Okay.", sagte Gabriel.

Während Samantha sich bemühte den Computer hochzufahren, ging Gabriel die Treppe hinunter in die untere Ebene. Auch hier ging sofort das Licht an. Die Automatik funktionierte hier ebenso.

Von Bord des Landungsschiffes meldete sich Onatah: „Gabriel, der erste Raum auf der linken Seite ist der mit der tiefen Temperatur."

„Okay, ich sehe hier auch eine Anzeige an der Tür. Sie ist zu. Geht auch nicht automatisch auf. War auch nicht anders zu erwarten."

Gabriel nahm seinen Handscanner und tastete damit die Tür ab. Er sah nur, dass in dem Raum eine kleine Energiequelle war. 'Wahrscheinlich ein Kühlaggregat.', dachte Gabriel. Nun strich er mit dem Scanner über die Anzeige der Tür. Ein großer roter Knopf ragte etwas hervor. 'Ob dies der Öffnungsknopf ist', dachte Gabriel weiter.

„Ich sehe hier einen großen roten Knopf an der Tür. Ich denke, dass dieser den Öffnungsmechanismus auslöst.", rief er den anderen zu.

„Bis du dir sicher?", fragte wieder Corinna von der Aminata.

„Natürlich nicht. Aber irgendwie müssen wir hinein. Da drin herrschen minus fünfzig Grad Celsius. Lebensmittel müssen nicht so kalt aufbewahrt werden. Vielleich lagern da drin auch irgendwelche Dinge aus dem Weltall!"

„Möglich.", rief Samantha.

„Dann versuch den Raum zu öffnen!", rief noch einmal Corinna.

„Also. Haltet euch alle schön fest, ich betätige nun diesen roten Knopf.", Gabriel setzte sich seinen Helm wieder auf und drückte den Knopf. Es zischte und pfiff ziemlich laut. Gabriel war durch seinen Raumanzug geschützt. Er merkte den eiskalten Luftzug nicht. Gabriel setze einen Fuß hinein in den

Raum. Das Licht ging sofort an. Langsam schaute er sich um. An der gegenüber liegenden Wand standen vier etwa zwei Meter große metallische Kisten auf dem Boden. An der linken Wand standen übereinandergestapelt weitere große und kleine Kisten. Gabriel sein Blick ging nach rechts. Erschrocken fuhr er zurück. Er sah etwas, womit er auf keinen Fall vorbereitet war. Schwer atmend rief er zu den Anderen: „Hier, hier sitzt ein Mensch in einem Raumanzug auf einem Stuhl."

„Waas?", rief Corinna von der Aminata. „Sam, wie weit bist du?"

„Hier ist alles erwartungsgemäß ganz anders. Hochgefahren ist der Computer. Aber viel mehr habe ich noch nicht erreicht."

„Gut Sam, Geh mit hinunter zu Gabriel! Und du Gabriel, du wartest bis Samantha kommt.", sprach Corinna.

„Alles klar.", sprach Samantha und machte sich auf den Weg. Nach ein paar Minuten kam sie bei Gabriel an. Die Tür war inzwischen zugegangen. Als Samantha vor dem Raum ankam setzte sie sich den Helm auf. Die Tür ging wieder automatisch auf. Gabriel stand noch immer etwas verdattert im Raum. Als Samantha den Raum betrat, ging sie als erstes zu dem Toten. Der saß zusammengesunken auf einem Stuhl. Durch den Helm sah man, dass es ein wahrscheinlich menschlicher Mann war. Auf dem Raumanzug stand TERRA 11. Die Tür des Raumes schloss sich wieder.

„Der Tote ist ein menschlicher Mann. Wie lange er tot ist, kann man ohne Obduktion nicht sagen. Er ist bei der Kälte natürlich gut konserviert. Wir schauen jetzt mal nach, was in den Kisten ist.", sprach Samantha.

Sie gingen nun beide zu den Kisten. Auf den Deckeln waren kleine Monitore installiert. Sie zeigten an, dass in den Kisten wahrscheinlich die gleiche Temperatur wie im Raum herrscht, also minus fünfzig Grad Celsius.

Samantha nahm ihren Handscanner.

„Das habe ich schon versucht. Man dringt nicht durch. Keine Anzeige, was da drin ist.", sagte Gabriel.

„Mal sehen, wie die aufgeht.", Samantha sah sich den Monitor an. Darunter leuchteten vier Druckknöpfe in rot, grün, blau und weiß und ein Drehknopf in Grau.

„Es sind noch richtige Knöpfe zum Drücken. Keine Sensoren. Bei der Temperatur würden Sensoren wahrscheinlich kaputt gehen. Auch wenn die Technik weiter ist als unsere."

Unter den Knöpfen war jeweils ein Zeichen. Bei dem roten stand ein Pfeil nach oben, bei dem blauen ein Pfeil nach unten, bei dem grünen stand 'open' und bei dem weißen 'Close'. Der Drehknopf war mit plus und minus gekennzeichnet.

„Wahrscheinlich ist es ganz simpel. Ich drücke nun den Knopf 'open'!", sprach Samantha und tat es. Es fing an zu zischen. Nach dem das Zischen aufgehört hat, knackte es leicht. Gabriel fasste den Deckel an und hob ihn hoch. Er war nicht schwer. Als beide sahen was in der Kiste war fuhren sie erschrocken zurück. Im Inneren lag ein Mensch auf dem Rücken mit verschränkten Armen und geschlossenen Augen. Es handelte sich um einen Mann. Er war völlig nackt. Er war im mittleren Alter, etwa vierzig Jahre alt. Die Hautfarbe war weißlich grau. An einigen Stellen waren leichte Spuren von Eiskristallen zu sehen. An der Seite der Kiste stand 'Navigator Peter Wagner'.

„Hier liegt ein toter Mann in der Kiste. Er war offensichtlich der Navigator des Schiffes. Sein Name war Peter Wagner.", rief Gabriel.

Samantha nahm ihren Scanner und strich über den Körper. Sie sprach: „Der Mann ist tot. Laut Scanner schon seit mindestens fünf Jahren. Genaueres kann man erst nach einer Obduktion sagen. Wir schauen jetzt in die anderen Kisten. Ich denke wir wissen was sich darin befindet."

Gabriel drückte an der zweiten Kiste ebenfalls den grünen Knopf. Wieder gab es ein Zischen. Auch in dieser Kiste lag ein Mensch. Es war eine junge Frau. Auch sie war nackt und ihre Haut war aschfahl. An der Seite stand 'Cox Alina Ebadi'. In der dritten Kiste lag ebenfalls eine Frau. Bei ihr stand 'M.D. Rossio Hernandez`. Die vierte Kiste war leer. Aber an der Seite stand ' Captain Thorben Knutson'. Samantha und Gabriel schauten zu dem Körper auf dem Stuhl.

„Die letzte Kiste ist wahrscheinlich seine. Aber warum hat er sich nicht selbst hineingelegt?", fragte Gabriel.

„Es war keiner mehr da, der die Kiste zumachen und einstellen könnte. Er ist also lieber im Raumanzug gestorben.", meinte Samantha.

„Kann sein. Grauenvoll!"

Corinna meldete sich von der 'Aminata': „Sam, Gabriel, geht nun auf die Brücke und versucht den Computer in Gang zu bekommen. Dann erfahren wir vielleicht, was hier passiert ist!"

„Okay.", sprach Samantha und nickte leicht mit dem Kopf und zu Gabriel sagte sie: „Komm. Wir machen uns an die Arbeit. Hier können wir eh nichts mehr ändern!"

Samantha und Gabriel schlossen die Kisten wieder und gingen nun auf die Brücke. Dort angekommen machte sich Samantha gleich wieder an den Computer. Gabriel ging zum Nachbartisch an den Computer. Er holte seinen Scanner heraus und fuhr damit über den Rechner und die Pultplatte.

„Merkwürdig. Sehr merkwürdig.", murmelte er.

„Was ist?", fragte Samantha.

„Hier war erst vorkurzem, so etwa vor drei bis vier Wochen jemand dran und hat hier den Pult betätigt!"

„Sollte die Besatzung da noch gelebt haben!? Kann ich mir nicht vorstellen. Die sahen aus, als ob sie dort schon einige Jahre liegen. Auch im Scanner war dies abzulesen."

Samantha nahm ihren Scanner und strich ebenfalls über ihr Pult. Sie sagte: „Hier auch. Hier war auch jemand dran.", und zu Corinna gewandt: „Seht ihr irgendetwas? Ist vielleicht doch ein Schiff in der Nähe?"

„Nein!", antwortete Corinna. „Allerdings können wir kleine Objekte wie Raumschiffe von hier aus nur bis maximal zum Neptun sehen. Wenn die Spuren drei Wochen alt sind, kann ein Raumschiff sonst wo sein!"

Samantha machte sich weiter am Computer zu schaffen. Plötzlich ging ihr kleiner Monitor an. Darauf zu sehen war eine Art Menü.

„Ich hab es! Ich bin drin im Computermenü. Sooo, dann wollen wir mal sehen wie es funktioniert. Hier ist ein Symbol, sieht aus wie ein Lautsprecher. Dann drück ich jetzt mal drauf.", gesagt, getan.

Plötzlich erschien vor ihnen eine junge schwarzhaarige junge Frau und sprach: „Wer seid ihr?"

Samantha und Gabriel waren noch etwas erschrocken. Aber Samantha rief: „Wir sind fremd hier. Wir kommen von einem anderen Raumschiff und wollten helfen. Wer sind Sie? Sind Sie ein Hologramm? Wir haben kein Leben hier im Raumschiff festgestellt!"

„Ich bin TERRA 11. Ich bin ein Hologramm. Ich bin so programmiert, dass ich jedes Crewmitglied sofort ersetzen kann. Dass ihr nicht zur Besatzung gehört, habe ich bemerkt." Die Holofrau ging zu einem Stuhl an einem Seitenpult und setzte sich mit übergeschlagenen Beinen. Es sah alles sehr realistisch aus.

„Die Besatzung ist tot!", sagte Gabriel.

„Das habe ich bemerkt. Ihr könnt der Besatzung nicht mehr helfen. Also ist eure Aufgabe hier erfüllt.", antwortete die Stimme.

„Kannst du uns berichten was hier passiert ist?", wollte Samantha wissen.

„Da ihr nicht zur Besatzung gehört, kann ich euch nicht alles verraten."

„Wir kommen auch von der Erde und sind hier auf einem Erkundungsflug.", sprach Gabriel.

„Ich wusste gar nicht, dass auf der Erde noch Menschen leben!", kam es aus dem Lautsprecher.

Samantha und Gabriel sahen sich ungläubig an. Hatten sie sich eben verhört?

„Wir kommen nicht direkt von der Erde. Aber wir sind Menschen von der Erde!", sagte Gabriel.

„Das habe ich bemerkt."

„So kommen wir nicht weiter. Wir kommen aus einer anderen Zeit. Wir sind durch ein weißes Loch hierher geraten.", sagte nun Samantha.

„Welches weißes Loch?", fragte der Computer.

„Wie kommen von 40 Eridani.", antwortete Samantha.

„Das ist nicht sehr weit weg. Was wollt ihr hier erkunden?"

„Eigentlich wissen wir nicht wie wir in unsere Zeit zurückkehren können. Wir sind in eine Singularität hineingezogen worden und kamen bei 40 Eridani

wieder heraus. Unser Warpfeld hat uns geschützt.",
erläuterte Samantha.

„Was ist nun hier passiert?", fragte etwas aufgeregt
Gabriel.

„Gehörte die Frau vor drei Wochen auch zu euch?",
wollte nun TERRA 11 wissen.

Samantha und Gabriel schauten sich an. Samantha
antwortete: „Nein."

„Sie kam aber auch durch das weiße Loch!"

„Das mag sein. Sie gehörte nicht zu uns.", sprach nun
etwas ungeduldig Gabriel.

„Sag uns was passiert ist!", forderte nun auch
Samantha.

„Unser Treibstofftank Hydrogenium hatte ein Leck. Es
gab eine Explosion. Dabei ist unser Hydrogenium
verloren gegangen. Wir konnten uns also nicht mehr
mit Lichtgeschwindigkeit und Warpantrieb
fortbewegen. Unser Ionentriebwerk. Unser Xenon für
den Ionenantrieb reichte von der Erde bis hierher. Als
die Lebensmittel knapp wurden begingen Doktor
Rossio, Alina Ebadi und Peter Wagner offensichtlich
Selbstmord. Das habe ich aus Gesprächen mitgehört.
Unser Kapitän Thorben Knutson hat wahrscheinlich
noch drei Tage, vier Stunden und zweiunddreißig
Minuten gelebt.", berichtete das Hologramm.

„Woher weißt du das so genau?", wollte Gabriel
wissen.

„Meine Sensoren haben die Lebensfunktionen
empfangen.", war die Antwort.

„Wohin ist die Frau vor drei Wochen geflogen?",
wollte Samantha wissen.

„Sie flog in Richtung Erde."

"Warum sind hier draußen keine Außenstationen der
Menschheit?", fragte Samantha.

„Die Menschheit existiert nicht mehr in diesem
Sonnensystem!"

Samantha und Gabriel schauten sich irritiert an. Das
Hologramm musste einen Defekt haben. Samantha
schaute zu der Frau und sprach: „Wie, die
Menschheit existiert hier nicht mehr?"

„Die Menschheit ist ausgewandert. Wir waren das
letzte kleine Überwachungsschiff."

„Deine Sensoren sind wohl defekt!", antwortete
ziemlich erregt Gabriel.

„Nein, meine Sensoren arbeiten einwandfrei."

„Warum ist die Menschheit ausgewandert?", wollte
etwas ruhiger Samantha wissen.

„Der Planet Erde ist durch die vielen Erdbeben und
Vulkanausbrüche unbewohnbar geworden. Die
Kolonien auf den anderen Planeten und den Monden
konnten ohne die Erde nicht weiter existieren. So hat
man sich entschlossen, die Erde zu verlassen."

„Wie hoch war die Anzahl der Menschen?", wollte
Gabriel wissen.

„Der Umzug geschah in mehreren Etappen.
Insgesamt wurden einhundertfünfzig Millionen
Menschen umgesiedelt."

„Wieviel Raumschiffe waren dafür wohl notwendig?“, fragte Samantha wie zu sich selbst.

„Es waren genau zehntausend Raumschiffe.“

„Unglaublich! Zehntausend Raumschiffe!“, Gabriel konnte da soeben gehörte kaum fassen.

„Wohin sind die Menschen ausgewandert?“, meldete sich Corinna.

Das Hologramm schwieg.

„Warum antwortest du nicht?“, fragte Samantha.

„Ich habe im Moment keine Berechtigung auf Stimmen von außerhalb des Raumschiffes zu antworten.“

„Dann frage ich dich. Wohin ist die Menschheit ausgewandert?“, fragte Samantha.

„Stern HD 20782 im Sternbild Fornax. Man nannte ihn 'Stella'. Der Planet ist der innerste der Planeten um Stella und heißt Elpis.“

„Wie weit ist Stella entfernt?“, wollte Gabriel wissen.

„Stella ist einhundertsechszehn Lichtjahre entfernt.“

„Schon im dreiundzwanzigsten Jahrhundert nahmen die vielen Erdbeben und Vulkanausbrüchen auf der Erde zu. Der Klimawandel, der seit der Industrialisierung im neunzehnten Jahrhundert einsetzte, hatte die Hebung des Bentleygrabens in der Antarktis zur Folge. Unsere Maßnahmen waren wahrscheinlich zu spät gekommen.“, sagte Gabriel.

„Kann man mit den Auswanderern Kontakt aufnehmen?“, wollte Samantha wissen.

„Auf dem Erdmond und auf dem Mars sind automatische Stationen installiert worden. Über eine Verbindung mit Tachyonen wäre ein Kontakt möglich!"

Corinna meldete sich: „Vorsicht! Wir wollen doch bitte zuerst versuchen, wieder in unsere Zeit zu gelangen!"

„Du hast Recht. Aber die Frau, die hier war, könnte doch Otekah gewesen sein?!?", sagte Samantha.

„Könnte sein! Vielleicht kommt ihr zunächst mal zu uns zurück.", sagte Corinna.

„Okay.", antwortete Samantha und zu TERRA 11 gewandt: „Du hast gehört. Wir müssen zu unserem Schiff zurück. Können wir dich jederzeit wieder befragen?"

„Nur hier im Schiff stehe ich zu eurer Verfügung!"

„Gut. Wenn wir noch Fragen haben, kommen wir zurück.", sagte Samantha.

„Ich bleibe aktiviert hier!"

Samantha rief Onatah: „Hallo Onatah! Wir kommen an Bord zurück!"

„Ich habe mitgehört. Alles klar!"

Samantha und Gabriel gingen zur Schleuse und kehrten gedankenversunken zu ihrem Schiff zurück. Das soeben erlebte beschäftigte alle sehr. Das Geschehene war so unglaublich, dass alle wie gelähmt auf der Brücke schweigend saßen. Alle Hoffnungen, auf Menschen zu treffen, waren dahin.

Sie waren auch weiterhin auf sich allein gestellt. Sie waren zu Hause und weit weg zugleich.

Saydala ging zu Gabriel und fasste seine Hände. Sie als Nichtirdische und Flüchtling war als einzige nicht von den Ereignissen betroffen. Sie sah Gabriel an und küsste ihn.

Samantha fasste sich als erste: „Also, was machen wir jetzt?"

„Wir sollten zum Mars oder Mond fliegen und versuchen, mit den Auswanderern Kontakt aufzunehmen. Vielleicht finden wir auch dort die Frau. Zuerst aber schauen wir bei der Neptunbahn nach unserem Wurmloch. Vielleicht existiert es noch. Vielleicht hat man es aber wieder geöffnet. Es ist schließlich die einzige Möglichkeit, wieder in unsere Zeit zu gelangen. Und dann fliegen wir zum Mond und Mars!"

„Das wäre gut!" sagte Onatah.

„Du glaubst, diese Frau wäre deine Mutter?" fragte Samantha.

„Wäre doch möglich." antwortete Onatah.

„Möglich wäre es." meinte Corinna.

„Könnten wir die TERRA 11 in Schlepp nehmen?", fragte Onatah.

„Unsere Treibstoffvorräte sind nicht unbegrenzt. Die TERRA 11 in Schlepp nehmen würde uns wertvolle Ressourcen kosten.", meinte Samantha.

„Gut. Wir machen Folgendes.", sprach Corinna, „Sam, du berechnest unsere Vorräte. Gabriel, Onatah und

Saydala fliegen zur TERRA 11. Ihr fragt das Hologramm aus. Wir brauchen mehr Informationen. Wenn wir genug Treibstoff haben, kommen wir zurück zur TERRA 11 nachdem wir zum Mond oder Mars geflogen sind. Aber erst einmal sehen, was uns dort erwartet. Alles klar?"

„Alles klar!", kam von allen die Antwort.

„Aber vorher wird geschlafen. Samantha wird die Brückenwache haben. Wir anderen legen uns hin, und zwar sechs Stunden. Danach legt sich Samantha hin. Das ist ein Befehl. Es liegen noch anstrengende Tage vor uns.", Corinna schaute von einer zur anderen. Niemand sprach sich dagegen aus. Alle gingen nun in ihre Kabine. Saydala begleitete Gabriel.

19.

Das Raumschiff Aminata flog zur Neptunbahn, denn dort musste sich das Wurmloch befinden. Sie hatten es schon mehrfach durchquert. Das Wurmloch war die letzte Hoffnung, in ihre Zeit zurückzukommen. Alle klammerten sich daran. Es war nur ein kurzer Flug

Samantha suchte mit den Scannern nach einem Hinweis auf das Wurmloch. Plötzlich glaubte sie, etwas gefunden zu haben. Nervös fingerte sie auf den Sensoren herum. Corinna bemerkte dies.

„Was ist los? Hast du etwas gefunden?" wollte sie wissen.

„Jaaa, ich glaube, da ist etwas!" antwortete Samantha. Sie ließ den Scanner noch einmal alles durchgehen. Alle Frequenzen und Strahlungen.

„Ich hab es!" triumphierte sie.

„Wo ist es? Zeig es auf dem Monitor!" sprach Corinna.

„Moment. Aaach", sagte Samantha gedehnt, „es ist zu schwach."

„Was heißt zu schwach?" rief Gabriel.

„Naja, es ist einfach zu schwach. Die Neutrinostrahlung ist auf einem sehr niedrigen Niveau. Auch die gravimetrische Strahlung ist sehr schwach. Verdammt so ein Mist, " Samantha hantierte wieder nervös auf dem Scanner, „warum krieg ich nur nicht mehr rein?"

Gabriel schaute auf seine Navigationsgeräte und sprach: „Ich kriege auch nichts rein. Das gibt es doch gar nicht!"

„Es ist nicht mehr da. Es ist nur noch eine Reststrahlung vorhanden. Machen wir uns nichts vor. Dieser Lesharo hat das Wurmloch endgültig zerstört. Und heute im dreißigsten Jahrhundert ist dies immer noch so. Deshalb gibt es nur noch einen kleinen Rest von Strahlung und Teilchen!" sprach Samantha und schaute mit Tränen in den Augen von einem zum anderen. Gabriel hatte die Hände vor sein Gesicht gelegt und atmete schwer. Nun war es sicher. Der

Rückweg in ihre Zeit war weg. Es gab keinen Weg in ihr Zuhause. Saydala und Onatah nahm das Ganze nicht so mit. Sie hatten kein Zuhause. Saydala stand auf und legte Gabriel ihren Arm um seine Schulter. Dann küsste sie ihn.

Corinna holte tief Luft. Ihr war klar, dass sie die Beherrschung nicht verlieren durfte. Es ging auch ihr sehr nah. Sie würde ihren Fred nun nie wieder sehen. Auch sie hatte mit den Tränen zu kämpfen. Die Gewissheit, nie wieder nach Hause zu kommen, nagte auch an ihren Nerven. Aber sie musste nun stark sein.

Tief atmend und mit zittriger Stimme sprach sie zu den Anderen: „Es hilft alles nichts. Wir leben und müssen nach vorn sehen. Auch wenn es schwer fällt. Vielleicht gibt es irgendwo einen anderen Weg. Das Weltall ist groß. Wir haben hier Brüder und Schwestern. Suchen wir sie. Fliegen wir zur Erde des dreißigsten Jahrhundert!"

Samantha sagte: „Gut fliegen wir zur Erde." Die Anderen stimmten zu.

Mit leichtem Vibrieren setzte sich die Aminata in Bewegung in Richtung Erde. Die Erde und ihr Mond sind zurzeit näher als der Mars. Das erste Stück bis zum Asteroidengürtel flog man mit Warpantrieb. Durch den Asteroidengürtel und weiter bis zur Erde flog die Aminata nur mit Ionentriebwerk. Die Durchquerung des Gürtels dauerte nur vier Stunden. Von dort bis zur Erde sind es noch einmal sechs Stunden. Als man sich der Erde näherte, versammelten sich alle bis auf Samantha auf der

Brücke. Nur noch vier Stunden und man würde die Umlaufbahn um die Erde erreichen.

„Gabriel, hol uns mal die Erde näher.", sprach Corinna.

Nun sahen sie die Erde. Was sie allerdings sahen, verschlug ihnen den Atem. Sehr dichte fast schwarze Wolkenbänder zogen durch die Atmosphäre. Trotzdem waren kleine glühende Punkte zu sehen. Am meisten dort wo der pazifische Feuerring sich befand. Man sah aber auch deutlich solche Punkte im Mittelmeerraum, auf Hawaii, in Zentral- und Ostafrika, auf Island und in Mitteleuropa. Die Antarktis war fast eisfrei. Auch dort waren zwei glühende Punkte zu sehen. Die Meeresoberfläche war erheblich größer, als es beim Abflug im 23. Jahrhundert der Fall war.

„Das kann doch nicht wahr sein. So stellt man sich das Archaikum vor. Das ist die absolute Apokalypse.", brach es aus Corinna raus.

„Was haben wir Menschen nur aus unserer Erde gemacht? Da kann doch nichts mehr leben?", Gabriel konnte das Gesehen gar nicht begreifen.

„Fliegen wir erst mal zum Mond. Von dort werden wir einige Messungen vornehmen."

Der Flug zum Mond verlief ruhig. Auf der Brücke herrschte allgemeines Schweigen. Alle waren mit dem Unfassbaren beschäftigt. Wie konnte dies alles nur geschehen? Was war aus der vielfältigen Tier- und Pflanzenwelt passiert? Bei ihrem Abflug war die

Erde noch ziemlich intakt. Es gab zwar schon erhebliche Schäden. Erdbeben und Vulkanausbrüche waren öfters verzeichnet worden, als in der Vergangenheit. Auch war die Tier- und Pflanzenwelt geschädigt. Aber das war nichts im Vergleich zu dieser Apokalypse.

Beim Mond angekommen weckte Corinna Samantha. Sie landeten mit dem Landungsschiff im Mare Insularum, eine große Ebene mit einem Durchmesser von 512 km. In unmittelbarer Nähe sah man den Kraterrand des Kraters Copernicus. Dieser gigantische Krater hat eine Ausdehnung von 90 km im Durchmesser. Der Kraterrand ist bis zu 900m hoch. Für Corinna und Samantha war dies ein bekannter Anblick. Sie waren bereits einmal hier. In der Nähe befanden sich auch die Landestellen von Apollo 12 und 14 aus dem 20. Jahrhundert. Sie hatten dort viele Gebäude ausgemacht. An Bord waren Corinna, Samantha und Onatah. Sie zählten einhundert kuppelförmige Gebäude, welche ringförmig um einen zentralen Platz angebracht waren. Die Kuppeln waren mit großen Röhren verbunden. Das Landungsschiff setzte unmittelbar am äußeren Rand der Siedlung auf. Corinna und Onatah stiegen aus. Sie liefen zum zentralen Platz. Er hatte eine Größe von etwa 300 Quadratmetern und war kreisförmig. Die Gebäude waren mit Ziffern beschriftet. Jedes hatte einen Durchmesser von etwa dreißig Metern.

„Mal sehen, ob hier irgendeine Schleusentür zu finden ist.", meinte Onatah und sah sich um.

„Dort drüben bei Nummer drei ist eine Tür. Sieht zumindest so aus. Und dort bei Nummer fünf ist ebenfalls eine Tür. Du gehst zu Nummer drei und ich zu Nummer fünf.", sagte Corinna.

Samantha meldete sich: „Corinna, die Tür zu der du läufst ist wahrscheinlich die Schleuse. Von dort geht eine Tür in einen größeren Raum und von dort geht es dann durch die Röhren zu den anderen Kuppeln. Ich sehe im Scanner auch, dass die Energieversorgung intakt ist. In der letzten Kuppel am äußeren Rand ist wahrscheinlich die Energieversorgung. Ich sehe auch am Kraterrand riesige Sonnenbänke. Von dort wird die Energie hierher in die Siedlung geleitet."

Als Onatah zu der Tür Nummer drei kam, ging sie automatisch auf. Innen ging sofort Licht an. Es war aber nur ein kleiner Raum zu sehen. In ihm waren nur leere Regale zu sehen.

Da rief Corinna: „Hier ist eine Schleuse." In diesem Raum war eine Tür genau gegenüber zu sehen. Corinna und Onatah betraten die Schleuse. Die Tür ging wieder automatisch zu. Ein leichtes Zischen war zu hören. Onatah sah auf ihren Scanner. „Es wird ein Gasgemisch hereingeblasen. Auch die Temperatur erhöht sich. Das Gasgemisch besteht aus 75% Stickstoff, 23 % Sauerstoff, 1% Argon und Kohlenstoffdioxid, Wasserdampf, Ozon und Flurchlorkohlenwasserstoff. Es ist also sehr gut Luft. Der Druck ist 1000 Hektopascal. Die Temperatur beträgt 25°Celsius."

„Ausgezeichnet. Also können wir hier drin die Helme abnehmen.", sagte Corinna und machte den Verschluss ihres Helmes auf und nahm den Helm ab. Onatah tat das Gleiche.

Samantha rief von dem Landeschiff; „In der Kuppel links ist wahrscheinlich die Zentrale. Es sieht zumindest im Scanner danach aus."

„Gut. Wir gehen mal hinein.", sprach Corinna und trat vor die genannte Tür. Als sie sich öffnete, gingen beide hinein. Sie sahen mehrere Pulte und Tische. Es sah alles so aus, als ob noch gearbeitet würde. Nur ein kleines bisschen Staub lag überall.

„Wieso funktioniert hier alles noch? Es ist doch seit vielen Jahren keiner mir hier.", sprach Onatah.

„Wahrscheinlich ist die Station so angelegt und mit Energie versorgt worden, dass sie jederzeit wieder in Betrieb genommen werden kann. Sonnenenergie ist genügend vorhanden."

Corinna betrat das große Pult in der Mitte des Raumes. Als sie sich auf den Sessel setzte, ging der Monitor auf dem Pult an. Links unten war ein grünes Feld zu sehen, auf dem Stand 'Go'.

„Ich glaube ich hab so etwas wie den Hauptsensor gefunden.", sprach Corinna.

Onatah ging zu ihr." Drück doch mal drauf. Es wird schon keine Explosion geben."

Corinna drückte den Sensor und plötzlich erschien inmitten im Raum eine junge Frau. Sie sah genauso aus wie die Frau auf dem Schiff TERRA 11.

„Guten Tag. Wer seid ihr? Ihr gehört nicht zur Siedlung Luna 5!", sprach die Frau.

„Nein wir gehören nicht zu Station. Wir kommen von der Erde aus dem 23. Jahrhundert. Wir waren bereits auf dem Raumschiff TERRA 11. Dort haben wir gehört, was auf der Erde geschehen ist. Wir wissen von der Auswanderung zum System Stella und dem Planeten Elpis.", erläuterte Corinna.

„Was wollt ihr dann hier?", fragte die Frau weiter.

„Wir wollen noch mehrere Informationen. Außerdem sind wir auf der Suche nach einer Frau, welche auch aus dem 23. Jahrhundert stammt. Und natürlich wollen wir wieder in unsere Zeit. Wir wissen nur noch nicht wie.", sagte Corinna.

„Was wollt ihr dann von mir?", fragte die Frau naiv.

„Vielleicht kannst du uns helfen. Wie nennt man dich?", wollte Onatah wissen.

„Mich nennt man 5A!"

Corinna: „Gibt es noch mehrere Hologramme auf der Station?"

„Ja. Es gibt noch 5B und 5C."

„Sehen alle so aus wie du?", wollte Onatah wissen.

„Ja."

„Was ist heute für ein Datum?"

„Heute ist der 13. März 2964.", war die Antwort.

Corinna und Onatah schauten sich ungläubig an. „Wir dachten, dass wäre das 28. Jahrhundert. Nun sind wir im 30. Jahrhundert hier gelandet.", sagte Corinna.

Samantha meldete sich vom Landungsschiff: „Ich kann mir denken, wo die Differenz herkommt. Wir haben den Scan noch in unmittelbarer Nähe vom weißen Loch gemacht. Vielleicht gab es noch Auswirkungen. Ich habe bei diesem Scan auch festgestellt, dass es einige Abweichungen gab. Damit wären diese damit auch geklärt."

„Das ist möglich." sprach Corinna. „Spielt jetzt aber keine Rolle. Wir sind im 30. Jahrhundert. Das ist nunmehr ein Fakt."

„War hier eine andere Frau außer uns vor kurzem hier?", fragte Onatah.

„Nein!"

„Gibt es noch Reste von Leben auf der Erde?", wollte Onatah von 5A wissen.

„Ja. Die gibt es."

„Welcher Art?", fragte Corinna.

„Es gibt noch Reste von Nagetieren, einige Vogelarten sowie Kriechtiere und niederes Leben wie Bakterien und andere Einzeller. Primaten, höhere Säugetiere und Fische sind in den letzten 200 Jahren ausgestorben."

„Wann hat man sich entschlossen auszuwandern?", wollte Corinna wissen.

„Ich bin nicht für Geschichte programmiert."

„Aber ein bisschen was musst du doch wissen, oder?", Corinna schaute 5A an.

„Die Menschheit lebte zum Schluss in 150 Zentren mit je 1 Million Einwohner. Diese Zentren waren von der Außenwelt abgeschirmt. Die Versorgung mit Lebensmitteln, Sauerstoff und Energie erfolgte künstlich. Der Zentralrat befand sich auf einer Orbitalstation.", antwortete 5A.

„Wo ist diese Orbitalstation?", fragte Samantha aus dem Landeschiff.

„Es ist keine Orbitalstation, sondern eine Raumstation, welche um die Sonne kreist. Sie befindet sich auf einer Umlaufbahn um die Sonne in einem Abstand von 175 Millionen Kilometer."

„Sam, scanne bitte diesen Bereich!", rief Corinna.

„Bin schon dabei."

„Welche Aufgabe hat diese Siedlung?", fragte Onatah.

„Dies war eine reine Wohnsiedlung. Auf dem Mond wurden zahlreiche Mineralien abgebaut. Hier wohnten hauptsächlich Bergbauingenieurinnen und Ingenieure."

Vom Landeschiff meldete sich Samantha: „Ich habe sie gefunden. Sie befindet sich in 160 Millionen Kilometer Entfernung von der Sonne auf der uns abgewandten Seite. Es gibt noch drei weitere Satelliten, welche auf der ehemaligen gleichen Bahn der Station um die Sonne kreisen. Diese sind noch in Betrieb. Ich habe so die Station finden können. Ich habe berechnet, dass die Station von der Schwerkraft der Sonne zu ihr hingezogen wird. Offensichtlich ist ein eigener Antrieb nicht vorhanden oder defekt."

„Hier ist alles noch in Betrieb, sodass man jederzeit wieder weiter machen könnte. Die Menschheit hat bestimmt vor, wieder hierher zurückzukommen oder zumindest ab und zu eine Stippvisite zu machen.", sprach Corinna.

„Glaube ich auch. Vielleicht hat man sogar von uns schon Kenntnis erhalten.", meinte Onatah.

„Schon möglich.", sprach Samantha.

„Sam", rief Corinna, „wir kommen zurück an Bord. Wir werden mal dieser Raumstation einen Besuch abstatten!" Corinna schaute dabei zu 5A.

„Wenn ihr geht, müsst ihr mir den mündlichen Befehl geben mich abzuschalten und die Station wieder herunterzufahren. Dann wird die Luft wieder abgesaugt. Nur die Stromversorgung wird aufrechterhalten.", sagte 5A.

„Also gut. 5A, schalte dich ab und fahr die Station runter!", sprach Corinna.

5A verschwand. Ein Zischen trat ein und die Luft wurde abgesaugt. Corinna und Onatah setzten schnell wieder ihre Helme auf. Danach verließen sie die Siedlung und kehrten zum Landeschiff zurück.

20.

Im Raumschiff angekommen wurden sie schon sehnsüchtig von Gabriel und Saydala erwartet. Vor allem Gabriel war schon auf den Bericht gespannt.

Saydala schaute etwas unglücklich von einem zum anderen.

„Was ist los?" wollte Corinna wissen.

Statt Saydala antwortete Gabriel: „Ihr habt alle sicher schon bemerkt, dass Saydala und ich zusammen sind."

„Das ist nicht zu übersehen!", stellte Samantha fest.

„Lass mich ausreden, " sagte Gabriel, „Saydala und ich wollen auch in Zukunft zusammenbleiben. Wir lieben uns. Saydala erhoffte sich auch, dass wir auf der Erde glücklich werden und uns eine gemeinsame Zukunft aufbauen. Im Moment sieht es so aus, dass wir vielleicht nie mehr zurück in unsere Zeit kommen und wir praktisch wie Vagabunden durchs All fliegen. Sie hat Angst, was bei ihrem bisherigen Leben auch nicht verwunderlich ist."

Corinna sah zu Saydala und sprach: „Ich gratuliere euch zu eurem Schritt, zusammen zu bleiben. Werdet glücklich miteinander. Du brauchst auch keine Angst zu haben. Ich bin überzeugt, dass wir einen Weg finden, um in unsere Zeit zurück zu finden. Und selbst wenn dies nicht der Fall sein sollte, wovon ich nicht ausgehe, werden wir zu unseren Brüdern und Schwestern bei Stella fliegen. Sie werden uns gewiss nicht zurückstoßen. Uns hier allen ist es nicht einerlei. Samantha und auch ich haben Lebenspartner in unserer Zeit. Samantha liebt ihren John und ich meinen Fred. Und ich wiederhole noch einmal, wir werden zurückkommen:" Corinna nickte Saydala noch einmal zu und Saydala lächelte.

„Also, was jetzt? Auf zum Mars? Oder zu dieser Raumstation?", fragte Samantha.

Corinna überlegte kurz und sprach: „Wir fliegen zu der Raumstation! Dort war so etwas wie die Regierung der Erde. Mal sehen, was uns dort erwartet."

„Vielleicht finden wir dort Spuren von dieser anderen Frau!", meinte Onatah.

„Kann schon sein!", sagte Samantha.

„Also Sam, berechne einen Kurs und dann los mit Ionentriebwerk!" sprach Corinna zu Samantha.

Alle setzen sich auf ihre Plätze. Samantha berechnete kurz den Kurs und starte den Antrieb. Da die Station nicht weit weg war, wurde es ein Flug von nur 10 Minuten.

Gabriel sah erstaunt zu Corinna und sprach: „Ich habe hier eine, nein zwei recht frische Ionenspuren!"

„Zwei frische Ionenspuren?" fragte Onatah.

„Ich habe sie auch!" rief Samantha.

„Triebwerke Stopp!" befahl Corinna. Samantha betätigte die entsprechenden Sensoren. Es gab ein kurzes Vibrieren und die Aminata hielt an.

„Wohin führen die Spuren?" fragte Corinna.

„Kann ich nicht genau sagen. Die Spuren sind etwa drei bis vier Wochen alt. Da eine Zerstreuung schon eingesetzt hat, sehe ich nicht woher sie kamen und wohin sie führen.", sprach Samantha.

„Jetzt sind es schon zwei Spuren. Es wird immer mysteriöser." Gabriel schüttelte den Kopf.

„Vielleicht ist die eine Spur von der Frau und eine zweite von Zurückgebliebenen?" fragte Saydala.

„Aber warum wussten dann die Hologramme auf der TERRA 11 noch auf der Mondstation nichts von zurückgebliebenen Menschen?", fragte Onatah.

„Dafür kann es mehrere Gründe geben.", meinte Corinna.

„Was nun?" fragte Samantha.

Corinna sah alle an und sprach: „Auf zur Raumstation!"

Samantha startete wieder die Triebwerke und sie flogen weiter. Nach ein paar Minuten kamen sie bei der Station an. Auf der Aminata wurden keine Anzeichen von Aktivitäten festgestellt. Die Station lag wie ausgestorben vor ihnen. Sie war recht klein. Sie war ringförmig mit einem kugelförmigen Zentralbereich in Form einer Kugel. Diese hatte einen Durchmesser von 15 Meter. Der Durchmesser der gesamten Station war 200 Meter. Der Ring war durch sechs Röhren mit dem Zentralbereich verbunden. Sie hatte also eine Form wie ein Rad. Die Röhren zum Zentralbereich sahen dabei aus wie Speichen. Gegenüber jeder Röhre waren an dem Ring kleine ovale Fortsätze zu sehen.

„Diese Regierung kann aber nicht sehr groß gewesen sein. Viele haben hier nicht gelebt!", meinte Samantha.

„Gibt es hier Ionenspuren?" wollte Corinna wissen.

„Nein, nichts." antwortete Samantha.

„Onatah und Gabriel ihr begleitet mich. Sam, du bleibst mit Saydala hier und hältst die Stellung.", ordnete Corinna an.

„Eye, eye, Käpt'n" Samantha stand auf, riss die Hacken zusammen und salutierte. Dabei grinste sie.

Corinna schüttelte den Kopf und lächelte. Dann ging sie mit Onatah und Gabriel zum Landeschiff. Fünf Minuten später flogen sie zur Raumstation. Gabriel saß am Steuer.

„Flieg einmal ringsherum!" sprach Corinna.

Gabriel steuerte da Schiff einmal um die ganze Station herum. Die Station war völlig glatt. Es gab keine Naht, keine Nieten oder Schrauben, keine Sicken und Fugen. Nur bei den kleinen ovalen Fortsätzen waren Umrisse von Türen oder Luken zu sehen. Alle fünf Meter gab es Fenster. Aber auch sie waren nahtlos angebracht. Auch in der zentralen Kugel waren Fenster zu sehen. Diese Kugel hatte offensichtlich drei Ebenen.

„Sieht aus, als wäre alles aus einem Stück gefertigt." meinte Gabriel.

„Tja, ihre Technik ist 700 Jahre der unseren voraus. Die Fortsätze sind wahrscheinlich Andockschleusen. Sieht auf den Scanner zumindest so aus." sagte Corinna.

„Unsere Scanner zeigen aber nicht sehr viel. Hier ist alles stark abgeschirmt. Auf der TERRA 11 und der Mondstation konnten wir mehr sehen. Die Regierung hier war sehr misstrauisch. Macht zumindest den Anschein." sprach Gabriel.

„Vielleicht hatten sie was zu verbergen." meinte Onatah.

„Wie dem auch sei. Gabriel, dock an einer Schleuse an.", rief Corinna.

Gabriel steuerte das Landeschiff an eine der Schleusen. Da das Landeschiff über spezielle Ansaugmechanismen verfügte, konnte es auch ohne Klammern andocken. Trotzdem dauerte der Vorgang einige Minuten. Als sie schließlich angedockt hatten sprach Corinna: „Onatah, du kommst mit mir, Gabriel bleibt hier im Schiff."

Corinna und Onatah standen in ihren Raumanzügen vor der Schleuse. Ungläubig sahen sie sich an. Da leuchteten vor ihnen ein rotes, ein gelbes und ein grünes Lämpchen. Die Umrisse der Lämpchen waren ebenfalls naht- und fugenlos. Es leuchtete einfach so mitten aus der glatten Oberfläche.

„Sieht wie eine alte Verkehrsampel aus. Komisch, dass wir es vorher nicht gesehen haben. Aber vielleicht ging es erst mit unserem Andocken an." meinte belustigt Corinna.

„Was ist eine Verkehrsampel?" wollte Onatah wissen.

„Ach, das ist eine veraltete Verkehrsregelungsanlage aus dem 20. und 21. Jahrhundert. Ich habe das mal in uralten Filmen gesehen. Damit wurde der Individualverkehr geregelt." antwortete Corinna.

„Und was regelte das?"

„Bei Grün durfte man fahren, Gelb hieß wohl
'Achtung' und Rot war 'Stopp'. So in etwa. Diese
Farben werden bei uns auch noch verwendet. Bei
Grün wird eine Tür geöffnet und bei Rot
geschlossen."

„Vielleicht ist es hier genauso?"

„Dann versuchen wir es mal!" Corinna drückte auf
das grüne Lämpchen. Geräuschlos ging eine Tür auf.
Corinna und Onatah ging langsam hinein. Sofort ging
die Beleuchtung an. Sie sahen sich vorsichtig um.
Onatah sah auf ihren Scanner. Nun war ein sehr leises
Zischen zu hören.

„Der Gang füllt sich mit Gas. Stickstoff, Sauerstoff und
einige Spurenelemente. Bakterien und Viren sind
nicht zu sehen." sprach Onatah. „Wir können die
Helme abnehmen."

Gesagt, getan. Der Gang, in dem sie standen, war
etwa drei Meter breit und hoch. In Richtung Zentrum
konnten sie in die 'Speichen' sehen. In der
ringförmigen Röhre waren nach jeweils fünf Metern
Türen angedeutet. Auch dort waren kleine
Leuchtfelder zu sehen. Allerdings gab neben der
Ampel auch noch die Farbe Blau. An allen Türen
leuchtete die rote Farbe.

„Gehen wir erst mal nach links in den Gang.", meinte
Corinna.

Die beiden Frauen gingen also nach links. Vor der
ersten Tür rechts blieben sie stehen und schauten zu
der angedeuteten Tür. Das Außenfenster war genau

gegenüber. Ein Name stand auf der Tür: Sofia Molde.
Auf dem blauen Feld war ein großes K.

„Was das wohl bedeutet?", fragte Onatah.

„Ich weiß nicht. Molde ist wohl ein Name. Aber was
das K bedeutet..." sagte Corinna.

Corinna und Onatah gingen zur nächsten Tür. Auf der
Tür stand Olivia Manzanares und auf dem blauen Feld
stand ein großes K.

Corinna fasste sich an die Stirn und rief: „weißt du
was das K bedeutet? Anklopfen!"

„Na dann wollen wir mal anklopfen!", sprach Onatah
und drückte auf das blaue Feld. Ein leiser Gong war
zu hören. Nichts geschah.

„Es ist keiner drinnen. Also kann auch keiner herein
sagen." sagte Corinna.

In dem Moment erschien wie aus dem Nichts ein
junger Mann neben Corinna und Onatah im Gang und
sprach sie an:

„Kann ich euch helfen?"

„Wir suchen die Besatzung!", sagte Corinna.

„Es ist keiner an Bord!" sagte der junge Mann.

„Wo sind denn alle?" fragte Onatah.

„Die Bewohnerinnen sind schon sehr lange fort." kam
als Antwort. „Schon seit fünf Jahren ist hier niemand
mehr."

„Du bist ein Hologramm. Wie ist dein Name?" wollte
Corinna wissen.

„Ich bin D1."

„Wofür steht das D?"

„Diener!"

„Wem dienst du?" fragte Onatah.

„Ich diene den Bewohnerinnen."

„Hier wohnen wohl nur Frauen?" fragte Corinna
etwas belustigt.

„Ja."

Corinna und Onatah schauten sich erstaunt an.
Corinna fragte: „Hier wohnen keine Männer?"

„Nein."

„Und was ist deine Aufgabe als Diener?" fragte
Onatah.

„Ich bringe die gewünschten Speisen und Getränke."

„Hier sollte doch die Zentralregierung der Erde ihren
Sitz haben!" stellte Corinna fest.

„Das stimmt. Aber alle Ratsfrauen sind zur Stella
geflogen. Und sie werden auch nicht wieder
kommen."

„Besteht die Regierung nur aus Frauen?" fragte
Corinna erstaunt.

„Ja."

„Ein Matriarchat also. Sind dies hier die Quartiere?"
wollte Onatah wissen.

„Jede Ratsfrau hat hier ein Gemach."

„Können wir mal dieses Gemach der Frau Olivia
Manzanares sehen?" Corinna war etwas neugierig
geworden. Alle Ratsfrauen waren Frauen und dieses
Hologramm als Diener war ein gutaussehender
junger Mann.

„Da die Ratsfrauen nicht mehr wiederkommen, kann ich euch den Zutritt gewähren." Der holografische junge Mann drückte den grünen Knopf und die Tür öffnete sich. Sie ging weder zur Seite noch nach oben. Sie war einfach offen.

Sie traten ein. In dem Moment ging das Licht an. Der junge Mann blieb draußen. Als die zwei Frauen drinnen waren, war die Tür plötzlich wieder da und der Raum war verschlossen. Das alles war völlig geräuschlos. In dem Raum befand sich eine Sitzecke mit einem Sofa. An den Wänden waren Bilder von wundervollen Landschaften zu sehen. An der rechten Seite war eine Tür zu sehen. Corinna zeigte auf die Tür. Als sie davor standen, öffnete sie sich. Drinnen war ein großes Bett. Viel zu groß, als nur für eine Person. An der rechten Wand stand ein Spiegelschrank. Das Licht war etwas gedämpft. Es war ein Nachtisch vorhanden und zwei Sessel. Es gab eine kleine Küche und ein geräumiges Badezimmer. Es war alles nicht spektakulär eingerichtet. Eher schlicht. Es könnte auch aus dem 23. Jahrhundert stammen.

„So ein großes Bett für nur eine Person?" stellte Onatah fest.

„Frau Olivia Manzanares war wahrscheinlich nicht immer allein!", meinte Corinna.

„Wer weiß, was ein menschliches Hologramm etwa alles kann!" stellte Onatah fest.

„Du meinst..., dass er mehr als nur Speisen und Getränke brachte? Hm. Gehen wir weiter." Corinna und Onatah gingen hinaus. Die Tür öffnete sich automatisch.

D1 stand vor der Tür und wartete geduldig. Corinna und Onatah sahen ihn grinsend an. Er verzog natürlich keine Miene. Er war nur ein Hologramm.

„Sag mal, außer Speisen und Getränke, hast du noch andere Aufgaben?" wollte Onatah wissen.

„Nein." war die klare Antwort.

Etwas enttäuscht gingen Corinna und Onatah weiter. An der nächsten Tür stand: Elisabeth of Ninewells. Corinna drückte wiederum das blaue Feld. Die Tür verschwand wieder. Ein kurzer Blick reichte. Das Zimmer sah genauso aus wie bei Frau Manzanares. Nur an der Wand hingen ein paar andere Bilder.

„Sehen alle Zimmer der Frauen so aus?" wollte Corinna von D1 wissen.

„Ja, alle Zimmer sind gleich." war die Antwort.

„Was gibt es sonst noch für Räume?" wollte Onatah wissen.

„Es gibt einen Versammlungsraum, eine Zentrale, eine Bar, einen Dining Room und mehrere technische Räume für Überwachungen und Kommunikation." antwortete D1.

„Lebten außer den Ratsfrauen noch andere Menschen an Bord?" fragte Onatah.

„Wie gesagt, es wohnten ständig nur die Ratsfrauen hier. Gelegentlich hatten sie Besucher von der Erde oder anderen Stationen hier."

Corinna fragte: „Was waren dies für Besucher?"

D1 antwortete: „Es waren oftmals die Statthalterinnen von der Erde oder private Besucher."

Onatah wollte wissen: „Verließen die Ratsfrauen auch mal die Station?"

D1 sprach: „Sehr selten."

Corinna fragte nun: „Was waren das für private Besucher?"

D1 antwortete: „Sie dienten meistens der Zerstreuung."

Onatah hob die Augenbrauen: „Wie jetzt? Sie dienten der Zerstreuung?" Onatah sah Corinna an.

Corinna fragte jetzt: „Waren dies überwiegend junge männliche Besucher?"

D1 antwortete stoisch: „Meistens ja, gelegentlich waren auch junge Damen dabei."

Onatah wollte nun wissen: „War die Zerstreuung sexueller Art?"

D1 antwortete ohne Emotion: „Daruber kann Ich keine Auskunft geben. Aufzeichnungen über die Besuche wurden nicht gemacht."

Corinna sagte zu Onatah: „Diese Zentrale war auch ein Liebesnest. Ich kann das nicht glauben. Was ist nur in 700 Jahren auf der Erde geschehen? Man müsste meinen, dass in 700 Jahren die menschliche Entwicklung voranschreitet. Unglaublich. Ich komme mir vor wie im antiken Rom. Ein allmächtiger Senat und die Senatoren lenkten den Staat und vergnügten sich, während das Volk arbeitet."

„Was machen wir jetzt?" fragte Onatah.

„Führe uns in die Zentrale!" sagte Corinna zu D1.

„Ich kann diesen Gang nicht verlassen. Ich führe euch bis zum Zentralbereich. Dort wird euch ein O übernehmen."

„Wer ist ein O?" wollte Onatah wissen.

„Ein O ist ein Offizier."

Zur dritt gingen sie bis zu einer Speiche. Sie gingen dort den Gang bis zu einer Tür im Zentralbereich. Hier waren wieder die vier Leuchtfelder. D1 drückte auf das blaue Feld. Die Tür verschwand. Direkt vor der Tür stand wieder ein Mann. Corinna und Onatah erwarteten wieder ein Ebenbild des jungen Mannes. Zu ihrer Enttäuschung stand da ein älterer Mann in einer grünen Uniform.

„Guten Tag." sprach der Mann, „ich bin Kapitän Bering."

„Guten Tag. Wir sind Gäste auf diesem Schiff. D1 hat uns hierher geführt. Wir haben einige Fragen an Sie." sprach Corinna.

„Ich weiß über alles Bescheid. Bitte kommen Sie herein." sprach Bering.

Corinna und Onatah betraten diesen Raum. An der linken Seite standen noch zwei ältere Herren in grünen Uniformen. Sie sahen sich allerdings gar nicht ähnlich. Der Raum war rund mit einem Durchmesser von zehn Metern. Die Wand gegenüber glänzte stark. Im Halbkreis in einem vor dieser glänzenden Wand standen elf Sessel. Vor jedem Sessel war ein kleines

Pult mit einer Art Ablage. Vor diesem Halbkreis war ebenfalls ein Sessel mit einem großen Pult. An den Wänden waren ebenfalls Bilder. Sie zeigten kosmische Fotografien von planetarischen Nebeln, Planeten und Galaxien.

„Ich bin etwas enttäuscht. Von einer Zentrale habe ich erwartet, dass hier Monitore sind mit verschiedenen Anzeigen. Auf den Pulten sind Knöpfe und Sensoren.“, sprach Corinna.

„Wozu? Für die Steuerung der Station sind wir Offiziere da, Major Tasman und Lieutenant Bellinghausen und ich.“ Bering zeigt auf die zwei anderen Herren im Raum, „Alle Informationen werden im Computerkern gesammelt und gespeichert. Unsere Computermatrix steuert selbständig. Wir Offiziere sind zur weiteren Überwachung programmiert. Die Ratsfrauen können durch uns aktiv in das sonst automatische System eingreifen.“

„Seit ihr Offiziere nicht mit dem Zentralcomputer verbunden?“ wollte Onatah von Bering wissen.

„Doch, sind wir. Wir bekommen auch alle Informationen von dort.“

„Ist immer eine Ratsfrau hier anwesend?“ fragte Corinna.

„Jetzt, auf Grund ihrer Abwesenheiten, nicht mehr. Sonst immer.“

Plötzlich erschien an der glänzenden Wand ein Außenbild. Offensichtlich ist dies ein Monitor.

Kapitän Bering setzte sich an den großen Pult. Gleichzeitig ertönte ein schriller Ton.

„Was ist passiert?" fragte Corinna.

„Der Computer hat ein unbekanntes Objekt ausgemacht!"

„Wo?" fragte Corinna wieder.

„Das Objekt verlässt gerade den Kuipergürtel mit Nullkurs." Auf dem Monitor erschienen Koordinaten.

„Ist diese Station bewaffnet?" wollte Onatah wissen.

„Wir verfügen über sehr leistungsfähige Laser. Die Station hat auch ein starkes Gravitationsschild."

„Besteht Gefahr?" fragte Corinna.

„Im Moment nicht."

„Gabriel!", Corinna rief das Landeschiff. Sie bekam aber keine Antwort.

„Von hier habt ihr keine Verbindung zu eurem Schiff." sprach Bering.

„Warum nicht?" fragte Corinna.

„Wenn ihr eine Verbindung wollt, können wir eine herstellen."

„Dann tut es!"

„Ihr könnt sprechen!", sprach Bering.

„Hallo Gabriel!", rief Corinna.

„Na endlich. Ich versuche schon seit mehreren Minuten euch zu erreichen. Als ihr in die Zentrale kamt, riss die Verbindung plötzlich ab." antwortete Gabriel.

„Wir waren offensichtlich abgeschirmt. Wir bekommen wahrscheinlich Besuch. Ein unbekanntes Objekte wurde am Rand des Sonnensystems entdeckt.“

„Es muss sehr klein sein. Ich kann es nicht sehen!“ sagte Gabriel.

Corinna wandte sich an Kapitän Bering: „Wie groß ist das Objekt?“

„Das erste Objekt ist zehn Meter lang und das zweite Objekt ist zwölf Meter lang.“

„Wieso, sind es plötzlich zwei Objekte?“ fragte erstaunt Corinna.

Bering antwortete: „Ein Objekt war bereits vor drei Wochen in unser Sonnensystem gelangt.“

„Und wo ist es jetzt?“ fragte Onatah.

„Es ist auf dem Mars gelandet.“ antwortete der Kapitän.

Corinna fragte: „Wo kam es her?“

Bering antwortete: „Es ist nicht aus unserem Sonnensystem. Aber es ist ein Mensch an Bord.“

„Und in dem zweiten Objekt?“ wollte Onatah wissen.

„Das ist zu weit entfernt. Es fliegt auch mit sehr hoher Geschwindigkeit. Der Regierungsrat hat es untersagt mit Warpantrieb innerhalb des Sonnensystems zu fliegen. Ob dort ein Lebewesen ist, können wir nicht sehen.“ sprach Bering.

„Gibt es dort keine Satelliten?“ fragte Corinna.

„Nein nicht mehr.“

„Warum nicht mehr?“ fragte Corinna etwas erstaunt.

Bering erklärte: „Zwei sind im Kuipergürtel zerschellt. Die anderen Satelliten kann ich nicht erreichen."

„Welchen Kurs hat das zweite Schiff?" fragte nun Onatah.

Bering schaute auf sein Pult: „Der Kurs führt es direkt zum Mars!"

Corinna und Onatah sahen sich an. Corinna sprach schließlich: „Wir fliegen zur Aminata zurück!" und zu Gabriel rief sie: „Gabriel, wir kommen zurück. Wir fliegen zurück zur Aminata. Und dann auf zum Mars."

„Okay." antwortete Gabriel.

Zu den Hologrammen sprach Corinna: „So, wir verabschieden uns. Wir kehren auf unser Schiff zurück."

„Wir haben verstanden!" war die Antwort.

21.

Während man auf der Aminata alles fertig machte zu einem Flug zum Mars, war dort ein Rover unterwegs zum Olympus Mons. Er ist mit einer Höhe von 26 km der zweithöchste Berg im Sonnensystem. Nur der Rheasilvia auf der Vesta ist höher. Am Fuße des Olympus Mons liegt die Marssiedlung New Berlin. Der Mensch im Rover schien es sehr eilig zu haben. Er steuerte das Fahrzeug immerhin mit 60 km/h über den Marsboden. Das ist für Marsverhältnisse sehr viel. Die Gravitriebwerke hielten den Rover stabil auch wenn die Ebene sehr mit Geröll übersät ist. Vor der Siedlung hielt der Rover an. Ein Mensch stieg aus und sah sich nach allen Seiten um. Der Raumanzug glänzte leicht in der aufgehenden Sonne. Die Atmosphäre war verglichen mit der Erdatmosphäre noch sehr dünn. Hier auf dem Mars wurde ein Projekt für Terraforming durchgeführt. Atembar war die Luft dennoch noch nicht. Der rötliche Boden war hier in der Nähe der Siedlung übersät mit Flechten, Moosen und kleinen Farnen. Nach vor ein paar Jahrhunderten war der Planet fast ohne Leben. Nur im Eis der Pole und einigen unterirdischen Seen gab es einige primitive Bakterien.

Der Mensch war allein. Er bückte sich und betrachtete die einfachen Pflanzen. Dann stand er auf und ging in die Siedlung. Sie lag ruhig da, sie schien verlassen zu sein. Nur der Wind fegte ruhig durch die angelegten Wege. Das war nicht zu jeder Zeit so. Mitunter gab es starke Sandstürme auf dem Mars. Plötzlich gab es leichtes Quietschen. Der Mensch drehte sich um und sah wie sich eine Tür leicht im Wind auf und zu bewegte. Der Mensch schaute sich nach allen Seiten um. Aber außer der Tür bewegte sich nichts. Die Siedlung umgab eine geheimnisvolle, mystische Stimmung. Nachdem sich nichts weiter bewegte, ging der Mensch zur der offenen Tür. Dort angekommen sah er sich in dem offenen Raum um. Die Tür ließ sich nicht mehr schließen. Eine dicke Sandschicht verhinderte dies. Beim Verlassen der Siedlung hatte offensichtlich jemand vergessen, die Tür zu verschließen. Der Raum war offensichtlich eine Schleuse. An der gegenüberliegenden Wand war ebenfalls eine Tür. Als die Gestalt sich davorstellte ging die Tür auf. Er trat ein. Sofort schloss sich die Tür wieder und Licht ging an. Der Mensch nahm nun ein Gerät von seinem Gürtel und sah darauf und nickte leicht mit dem Kopf. Die Siedlung verfügte über Energie. Der Mensch öffnete seinen Helm und holte tief Luft. Da die Energieversorgung funktionierte, gab es auch ausreichend Atemluft. Nachdem der Mensch festgestellt hatte, dass die Luft wirklich in Ordnung war. Nahm er den Helm und die Handschuhe ab. Der Mensch war eine Frau. Sie strich sich mit den Fingern leicht über ihre kurzen pechschwarzen Haare.

„Es scheint keiner zu Hause zu sein.", sprach sie zu sich selbst. „Mal sehen, ob ich hier irgendwie an Informationen herankomme."

Die Frau ging von Tür zu Tür weiter. An den Türen standen Namen. Sie ließ sie für sich selbst laut vor, Miller, Lech, Koreljew, Pinot, Sanchez, Neumayer, Johnson, Knutson. Die Türen gingen auf und sie sah hinein und ging zur nächsten Tür.

„Hier scheint ein Wohntrakt zu sein." meinte sie.

Als die letzte Tür aufging war dahinter ein Gang. Er führte offensichtlich in das nächste Gebäude. Auch hier ging das Licht sofort an, als sie den Gang betrat. Im nächsten Gebäude war alles anders. Hier standen keine Namen an den Türen sondern

Raumbezeichnungen wie Kitchen, Warehouse, Dining Room.

„Hier ist der Servicetrakt. Erst suche ich die Zentrale und dann wird gegessen!"

Im dritten Gebäude wurde sie fündig. Sie fand einen Raum mit mehreren Pulten. An jedem Pult waren eine rote und eine grüne Leuchte. Sie drückte den grünen Leuchtpunkt und plötzlich erschien vor an der Wand ein großer Bildschirm. Ein junger Mann in einer grünen Uniform erschien. Die Frau zuckte erschrocken zurück.

Der junge Mann sprach: „Guten Tag. Wie kann ich Ihnen helfen?"

„Wer sind Sie?"

„Ich bin Ares 5." antwortete der junge Mann mit einer tiefen Stimme.

„Sind sie ein Hologramm?"

„Ja."

„Was ist hier passiert? Wieso ist niemand zu Hause?"

Der junge Mann fing an zu erzählen, dass die Station verlassen wurde, dass die Menschheit ausgewandert ist und warum dies alles geschah. Diese Station hatte einmal dreihundert Einwohner. Schweigend hörte die Frau zu. Je länger der Bericht wurde, desto niedergeschlagener wurde sie. Sie war allein. Ein ganzes Sonnensystem mit einem einstmals blühenden Planeten, mit Außenstationen auf anderen Planeten und Monden, mit Raumstationen und Raumfähren wurde verlassen. Sie erfuhr, dass von dieser Station erst ein halbes Jahr zuvor das letzte Schiff den Mars verlassen hat. Die ganze Zivilisation der Erde war weg.

Nach seinem Bericht sah Ares die Frau an und fragte: „Kann ich noch etwas für Sie tun?"

„Im Moment nicht. Ich muss das erst einmal verdauen. Bleiben Sie aktiviert?"

„Wenn Sie es wünschen!"

„Wo gibt es noch solche Hologramme wie Sie?"

„Wir Hologramme erscheinen, wo immer Sie es wünschen!"

„Ich habe Hunger. Ich möchte in die Küche. Vielleicht hat man etwas Essbares hiergelassen."

„Im Lager für Speisen und Getränke liegen noch Notrationen!"

„Gut. Dann bringe es mir!"

„Hier wurden keine Speisen und Getränke serviert. Sie müssen sich in den Dining Room begeben. Dort wartet der Koch auf Sie!"

„Na gut. Dann werde ich dorthin gehen!"

Sie ging in das zweite Gebäude. Dort hatte sie den Dining Room ausfindig gemacht. Dort wartete auch schon ein etwas feister älterer Mann auf sie. Er hatte eine weiße Schürze um und trug eine weiße Mütze. Die Frau musste sich erst einmal die Augen reiben. Der Koch sah wirklich so aus, wie sie es von alten Büchern und Filmen kannte. Sie schmunzelte, als sie ihn sah.

Der Koch begrüßte sie mit einer hellen Stimme:
„Guten Tag. Ich habe Sie schon erwartet. Von Ares
wurde ich informiert. Bitte nehmen Sie Platz. Suchen
Sie sich einen Platz aus. Es kommen keine weiteren
Gäste. Was kann ich für Sie tun?"

Die Frau setzte sich und sprach: „Ich habe Hunger.
Was gibt es zu essen und zu trinken?"

„Es sind leider nur Notrationen da. Sie bestehen aus
Dauerkeksen und eine Vitaminpaste, zum Trinken
gibt es gereinigtes Marswasser!"

„Nun, die Auswahl, ist zwar sehr beschränkt, aber ich
nehme dies."

„Sehr wohl, ich bringe es Ihnen!"

Der Koch brachte die Notration und ein Glas Wasser.
Die Frau griff zu und aß. An ihrem Gesicht konnte
man sehen, dass es ihr nicht besonders schmeckt.

„Ich sehe, dass es Ihnen nicht besonders schmeckt.
Das tut mir leid. Aber etwas anderes habe ich nicht."
sprach der Koch höflich.

„Es gibt Schlimmeres. Der Hunger treibt es rein!"
meinte daraufhin die Frau.

Die Frau stand nach dem Essen auf, verabschiedete
ich von dem Koch und ging zurück in die Zentrale.
Dort erwartete Ares sie schon.

„Ihr scheint alles genau zu überwachen." sagte sie zu
Ares.

„Das Stimmt. Hier wird alles überwacht."

„Ich habe eine Frage. Wo ist die Menschheit genau?
Den Stern Stella kenne ich nicht."

„Der Stern Stella hat die Katalognummer HD 20782.“

„Wie weit ist er entfernt?“

„Er ist einhundertsechszehn Lichtjahre von unserer Sonne entfernt im Sternbild Fornax!“

„Das ist für mein Raumschiff ein Flug von drei Monaten. Dafür reichen meine Vorräte nicht mehr. Ich habe nur noch für höchstens eine Woche Antimaterie. Gibt es hier irgendwelche Vorräte an Antimaterie?“

„Nein!“

„Irgendwo sonst hier im Sonnensystem?“

„Das ist im Computer nicht registriert!“

„Hier ist doch überall Energie! Warum?“

„Das ist im Computer nicht registriert!“

„Wollen die Menschen wieder hierher kommen?“

„Das ist im Computer nicht registriert!“

„Bestimmt. Sie wollen bestimmt gelegentlich zurückkommen, um nachzuschauen. Deswegen die Energie und deswegen Notrationen.“

„Das ist im Computer nicht registriert!“

„Jaja, schon gut.“

Die Frau schaute sich um und fragte: „Kann man das Stellasystem von hier aus erreichen?“

„Das ist im Computer nicht registriert!“

„Gibt es hier einen Tachyonenemitter?“

„Ja!“

„Und wo befindet sich dieser?“

Die Frau hatte es noch nicht richtig ausgesprochen, da ging der große Bildschirm an. Ares sprach daraufhin: „Die Benutzung für den Emitter ist hier im Raum! Was möchten Sie senden?"

„Wo kann ich ihn betätigen?"

„Gar nicht. Er ist mit meiner Matrix gekoppelt. Du sagst mir, was Sie senden wollen und ich leite es weiter."

„Ich möchte ein Notsignal senden!"

„An wen?"

„An die Menschheit im Stellasystem!"

„Soll es einen speziellen Inhalt haben?"

„Nein. Sie werden sicherlich bemerken, dass das Signal von ihrem ehemaligen Heimatstern kommt. Das genügt. Sie werden dann sicherlich nachschauen wollen. Melde nur, dass hier auf der Marsstation ein Mensch auf sie wartet. Wann kann ich schnellstens mit einer Antwort rechnen?"

„Unser Emitter ist nicht sehr leistungsstark. Es wird zwei Wochen dauern bis das Signal bei der Stella empfangen wird. Wie stark die Emitter dort jetzt sind, weiß ich nicht!"

„Reichen die Notrationen für mich so lange?"

„Ja!"

„Okay. Dann sende nun das Notsignal!"

„Ich habe es gesendet!"

„Na gut. Dann schauen wir mal, was passiert." die Frau gähnte laut. „Oh, oh, ich bin ganz schön müde. Wo kann ich mich hier häuslich einrichten?"

„Wir haben hier Gästequartiere. In die Kabinen der Einwohner können Sie nicht gehen. Dort würde nichts funktionieren. Sie sind nur speziell auf die Anwohner programmiert. Meine Matrix müsste erst geändert werden. Aber die Gästequartiere sind genauso gut eingerichtet. Wenn Sie mir bitte folgen würden!"

Die Frau ging mit Ares in ein weiteres Gebäude. Dort waren mehrere Zimmer. Eines davon wies Ares der Frau zu. Sie gingen hinein. Sofort ging wieder das Licht an. Das Zimmer war ansprechend eingerichtet. Ein Bett, eine Sitzecke mit einer Couch und ein Badezimmer. An den Wänden hingen Bilder mit Landschaften von der Erde. Es gab auch ein großes Fenster, welches mit einem Vorhang bedeckt war. Die Frau schob den Vorhang beiseite und sah auf die Marsebene. Draußen war es hell. Die Sonne leuchtete wie zur Abenddämmerung in ihrer Heimat.

„Danke Ares. Ich lege mich jetzt hin. Sie können gehen. Wenn es etwas Wichtiges gibt, geben Sie mir Bescheid. Ansonsten wecken Sie mich bitte in acht Stunden."

„Wie Sie wünschen." sprach Ares und verließ das Zimmer.

Die Frau sah sich noch einmal im Zimmer um. Dann zog sie den Vorhang vom Fenster zu. Sie ging ins Badezimmer und nahm eine Dusche. Als sie sich anschließend im Spiegel betrachtete und mit den Fingern durch das pechschwarze Haar strich sprach sie zu sich selbst: „Mädel, du könntest einen Friseur gebrauchen. Auch werden die grauen Haare immer mehr. Du wirst alt!" danach ging sie zum Bett. Sie entkleidete sich und legte sich hinein. Schon nach kurzer Zeit war sie eingeschlafen.

Ein schrilles Pfeifen weckte die Frau gewaltsam aus dem Schlaf. Erschrocken richtete sie sich auf. Sie stand auf zog sich an und rief: „Ares!"

Ares erschien.

„Was ist passiert? Ich habe erst fünf Stunden geschlafen."

„Ein Raumschiff nähert sich dem Mars!" sprach Ares.

„Was ist das für ein Schiff?" wollte die Frau wissen.

„Es ist ein kleines Schiff. Laut unseren Scannern gibt es menschliches Leben an Bord." antwortete Ares.

„Wie viele Menschen sind an Bord?" wollte die Frau wissen.

„Das kann ich nicht genau sagen. Ich kann nur sagen, dass es menschliches Leben an Bord gibt!" sagte Ares.

„Gibt es noch etwas?" die Frau schaute Ares an.

„Ja. Soeben hat ein zweites Schiff Kurs auf den Mars genommen1 Auch hier ist menschliches Leben an Bord! Wieviel kann ich nicht sagen!" sprach Ares.

„Erst ist das Sonnensystem von allen Menschen verlassen und nun tauchen plötzlich zwei Schiffe wieder auf." sprach die Frau zu sich selbst.

„Das erste Schiff ist jetzt in eine Umlaufbahn eingetreten. Das zweite Schiff ist kurz davor!" meldete Ares.

„Ich gehe in die Zentrale!" sagte die Frau zu Ares.

Ares verschwand. Die Frau ging in die Zentrale. Dort
wartete Ares bereits auf sie. Die Frau setzte sich.

„Das erste Schiff setzt zur Landung auf den Mars an.
Es wird vermutlich hier in der Nähe der Siedlung
landen." sagte Ares.

„Da werde ich die Herren mal empfangen." sprach
die Frau.

„Es ist nicht sicher, dass es Herren sind." meinte Ares.

„Das war nur so eine Redewendung. Kannst du mir
die Landung zeigen?" wollte die Frau wissen.

„Nein. Die Satelliten in der Umlaufbahn sind außer
Betrieb." sprach Ares.

Die Frau zog sich ihren Raumanzug über und ging in
Richtung Ausgangsschleuse. Als sie draußen war, sah
sie, wie ein kleines Schiff auf dem Marsboden
aufsetzte. Die Luke von diesem kleinen Schiff ging auf
und eine Person stieg aus.

Die Frau ging auf diese Person zu und blickte sie
erstaunt an.

22.

Die Aminata nahm Kurs in Richtung Mars. Der Flug
von der Raumstation zum Mars dauerte nur zehn
Stunden. Der Mars befand sich gegenwärtig auf der
anderen Seite der Sonne. Die Crew ging gemeinsam
in die Kombüse essen und anschließend schlafen.
Corinna und Onatah übernahmen die erste Wache

und fünf Stunden später Samantha, Gabriel und Saydala. Als man sich dem Mars bis auf eine Million Kilometer näherte, wurden Corinna und Onatah geweckt.

Sie rote Silhouette des Mars wurde nun immer größer. Auf den Scanner sah man ebenfalls Deimos und Phobos. Samantha sah auf ihr Pult und meldete: „Ich sehe in der Nähe vom Olympus Mons eine größere Siedlung oder so was ähnliches. Zumindest steht dort eine ganze Reihe von Gebäuden. Ebenfalls sehe ich zwei Raumschiffe oder Landefähren. Eine davon in unmittelbarer Nähe der Siedlung.“

„Gut. Wir gehen mit dem Landeschiff in einhundert Kilometer Entfernung runter.“ sagte Corinna. „Samantha und Onatah begleiten mich!“

Zehn Minuten später landete die Landefähre auf dem Mars. Mit einem kleinen Rover fuhren Corinna und Onatah in Richtung der Siedlung am Olympus Mons. Dieser Rover war eigentlich kein normales Fahrzeug. Es gleitet über die Oberfläche. Somit konnte kein Geröll die Fahrt behindern. Samantha blieb in der Landefähre. Der Rover benötigte nur eine Stunde bis zur Siedlung. Kurz vor der Siedlung war ein kleiner Hügel. Er war nur dreißig Meter hoch. Corinna ließ das Fahrzeug vor dem Hügel anhalten.

„Wir gehen lieber das kurze Stück zu Fuß. Wir wissen nicht, wer diese Menschen sind.“ meinte Corinna.

„Meinst du, sie könnte böse Absichten haben? Es sind doch wahrscheinlich Menschen!“ sagte Onatah.

„Naja, man kann nie wissen. Und was wir auf der
Raumstation gesehen haben, war auch nicht sehr
vertrauenserweckend." sprach Corinna.

„Vielleicht hast du Recht." sagte Onatah. Sie zogen
sich ihre Raumanzüge über und verließen das
Fahrzeug. Langsam stiegen sie den Hügel hoch. Die
Siedlung war nur wenige hundert Meter entfernt. Der
Platz vor der Siedlung war mit großen und kleinen
Brocken übersät. Manche waren größer als ein
Mensch. Sie sahen von dem Hügel wie sich zwei
Personen gegenüberstanden. Eine Hatte den Arm
erhoben und hielt einen länglichen Gegenstand in der
Hand. Die andere Person gestikulierte mit den
Händen.

„Was machen die denn da?" fragte Onatah.

„Das sieht nicht gut aus. Das sieht gar nicht gut aus!"
meinte Corinna und holte ihren Scanner raus.

„Was machst du?" wollte Onatah wissen.

„Da es hier kaum Luft, also keinen Schall gibt, müssen
sie sich über Funkwellen unterhalten. Mal sehen, ob
ich was empfange." antwortete Corinna. Nach ein
paar Sekunden sprach sie weiter: „Ich hab's! Es ist
noch sehr undeutlich. Dort hinten ist ein größerer
Felsen. Auch wir hinterlassen keinen Schall. Wenn wir
kriechen und uns bücken, kommen wir ungesehen
näher!"

Corinna und Onatah schlichen sich langsam an die
beiden heran bis sie nur noch zwanzig Meter entfern
hinter einem Felsen sich versteckten. Mit dem

Scanner konnten sie nun mühelos den beiden
Personen vor ihnen lauschen. Es schienen eine Frau
und ein Mann zu sein. Genau konnten sie es
allerdings nicht erkennen.

„Hallo, wer bist du?" fragte die Frau.
„Wer bist du?" fragte der Mann.
„Ich habe zuerst gefragt!"
„Ich bin Lesharo Ohiteka!"
Die Frau sprach plötzlich mit zittriger Stimme: „Du
bist Lesharo Ohiteka?" und ging langsam auf den
Mann zu. Dieser hob die Hand in welcher sich eine
Waffe befand. „Halt keinen Schritt weiter. Sag mir,
wer du bist!"
„Ich bin Otekah Black, deine Mutter!" sagte die Frau
und fing an zu weinen.
„Ich habe dich so lange gesucht. Du hast mich als Kind
im Stich gelassen. Ich habe dich immer gehasst!",
sprach Lesharo Ohiteka und zielt mit der Waffe auf
Otekah. Da zischte plötzlich ein blendend weißer
Strahl hinter dem Felsen hervor und traf Lesharo
Ohiteka. Dieser zuckte zusammen, strauchelte und
dreht sich um. Er sah wie hinter dem Felsen zwei
Menschen in Raumanzügen standen. Ein Mensch
zielte mit einer Waffe auf ihn. Mit letzter Kraft hab er
noch einmal die Hand mit der Waffe und wollte
zurückschießen. Ein zweiter Strahl traf ihn. Er sackte
endgültig zusammen und blieb reglos liegen. Otekah
sah wie eine junge Frau mit einer Waffe in der Hand

auf Lesharo zielt und ihn erschoss. Sie lief zu dem reglosen Körper und drehte ihn um. Unter dem Helm sah sie noch das schmerzverzogene Gesicht. Sie sah auch wie Lesharo noch atmete.

„Lesharo, mein Sohn, wir werden dich wieder gesund kriegen. Bleib ganz ruhig!" sprach Otekah.

„Nein. Es ist zu spät. Ich wollte dich töten." sprach Lesharo mit zitternder Stimme.

"Warum? Ich habe immer versucht dich zu erreichen! Im Gefangenlager hat man mir gesagt, dass du tot bist. Onatah haben sie mir weggenommen. Viel später erfuhr ich, dass du von den Devillaner erzogen wurdest. Ich war ständig auf der Flucht. Die Devillaner haben dich für ihre Zwecke missbraucht. Ich liebe dich mein Sohn. Ich werde dich immer lieben. Und jetzt bleib ruhig. Du wirst wieder gesund."

Hinter dem Felsen kamen Corinna und Onatah hervor. Onatah hatte noch die Waffe in der Hand. Sie sah ihre Mutter und sie sah Lesharo. Otekah hob den Kopf und schaute zu Onatah.

„Warum hast du das getan?" fragte Otekah mit weinender Stimme.

„Er hätte dich getötet!" war Onatah ihre knappe Antwort. Auch ihre Stimme zitterte etwas.

„Wer bist du?" wollte Otekah wissen.

„Ich bin Onatah, deine Tochter!" war die Antwort. Lesharo wollte den Kopf heben, aber er hatte nicht mehr die Kraft dazu. Es kam nur ein Stöhnen aus seinem Mund. Mit großen Augen sah er auf Onatah. Erst jetzt wurde ihm bewusst, dass seine eigene Schwester in angeschossen hat. Ihm wurde auch bewusst, dass die Devillaner ihn immer belogen hatten. Otekah sah Onatah erstaunt und auch erfreut an.

Otekah wollte Lesharo helfen, aufzustehen. Er stöhnte erneut auf und sah Otekah an. Unter dem Helm war deutlich sein schmerzverzogenes Gesicht zu sehen.

„Warte Lesharo. Wir werden dich zu zweit in die Station tragen. Alles wird gut!" Otekah winkte Onatah zu, sie solle helfen. Als Onatah sich hinunterbeugte sprach Lesharo zu den beiden Frauen: „ich wollte dich töten Mutter. Ich hätte es auch ge......", Lesharo ging noch einmal ein kurzes Zucken durch sein Gesicht dann starrten seine Augen regungslos seine Mutter an. Otekah weinte leise. Sie hatte ihren Sohn gefunden und dieser wollte sie töten. Sie hatte ihn gefunden und nun für immer verloren.

Erst jetzt begriff auch Onatah, was eben geschah. Sie hatte soeben ihren Bruder getötet. Ihr ganzes Leben wurde sie von ihm verfolgt. Sie konnte sich nie erklären, warum er sie so gehasst hatte. Nun war es vorbei. Ein bisschen traurig war sie trotzdem. Aber sie hatte nach langer Suche ihre Mutter gefunden.

Otekah stand auf und sah zu Onatah: „Warum? Warum hat er mich so gehasst?"

„Ich weiß es nicht." antwortete Onatah. Sie ging langsam zu Otekah. Corinna blieb am Felsen stehen.

„Mutter, ich …!" sprach Onatah mit bebender Stimme und schluchzte.

„Onatah? Meine Tochter!" Otekah ging auf Onatah zu. Dann lagen sich beide in den Armen. Die Raumanzüge hinderten sie ein bisschen an einer herzlichen Umarmung.

Corinna ging zu den beiden und sprach: „Kommt. Wir gehen in die Gebäude!" Dort angekommen, entledigten sie sich ihrer Anzüge. Jetzt konnten sich Onatah und Otekah richtig in die Arme schließen.

23.

Sie saßen im Dining Room. Otekah und Onatah sahen sich an. Es war ein glücklicher aber auch ein trauriger Moment. Lesharo war tot. Onatah hatte ihn getötet. Sie hatte ihren Bruder getötet. Aber der Albtraum hatte nun ein Ende. Otekah war glücklich, nach über zwanzig Jahren ihre Tochter wieder gefunden zu haben. Warum ihr Sohn sie so sehr hasste, dass er sie und die Tochter töten wollte, konnte sie immer noch nicht begreifen.

„Was habe ich ihm nur getan, dass er uns so hasste?" fragte Otekah.

Onatah erzählte: „Ich weiß es nicht genau. Wir wurden als Kinder getrennt. Er wurde von den

Devillaner erzogen. Sie wollten ihn wohl als Mittel zum Zweck für die Eroberung der Erde. Ein Mensch an ihrer Seite wäre hilfreich gewesen. Ich weiß, dass sie Informationen über die Erde hatten. Als Lesharo alt genug war, wurde er sogar hier ihr Anführer. Aber ich bin mir sicher, dass die Devillaner ihn beseitigt hätten, wenn er seine Aufgabe erfüllt hätte. Er war nur ihr Werkzeug. Sie hatten ihm wohl auch erzählt, dass du ihn im Stich gelassen hattest und dass ich ihn töten will. Er wurde erzogen, uns zu hassen. Das hat auch geklappt. Er hat mich und dich nicht nur gehasst, sondern durch seine Stellung bei den Devillaner auch verfolgen lassen. Er wollte uns immer töten. Er hatte sich zum Werkzeug der Devillaner gemacht. Irgendwie mussten sie erfahren haben, dass die Menschheit weiterentwickelt war als zunächst geglaubt. Dafür brauchten sie einen Menschen. Damit sie selbst nicht in Gefahr geraten, wollten sie daraufhin das Wurmloch schließen. Der erste Versuch misslang. Aber der zweite Versuch hat nun offensichtlich geklappt." Onatah sah Otekah direkt an und fuhr fort, „nach meiner Flucht aus der Gefangenschaft zog ich umher. Ich war eigentlich immer auf der Flucht. Ich hatte mich Dieben und Schmugglern angeschlossen. Oft war ich auch allein unterwegs. Ich wusste, dass Lesharo hinter mir her war. Also durfte ich mich nirgendwo niederlassen. Ich habe mich immer nach einer Familie gesehnt. Ich wollte auch mein ganzes Leben meine Mutter, dich finden. Ich habe in den letzten Wochen oft von dir

gehört, Otekah. Ich habe dich gesucht. Diese
Menschen hier haben mich schließlich gefunden.
Gemeinsam haben wir nun dich gesucht."

„Mir ging es eigentlich ähnlich." meinte Otekah. „Bei
unserer Flucht wurde dein Vater Jack Buchanan
erschossen. Jack und ich waren ursprünglich kein
Paar. Aber nachdem wir hier gestrandet waren
kamen wir uns näher. Und so kam es, dass ich
schwanger wurde. Ich bin nun schon viele Jahre auf
mich allein gestellt. Oft musste ich mir eine andere
Identität zulegen. Auch ich wusste, dass die
Devillaner mich suchten. Ich machte ihnen
Schwierigkeiten wo immer ich konnte. Ihr
unmenschliches Sklavenhaltersystem unterdrückte so
viele. Ich suchte dich. Einmal hätte ich dich fast
gefunden. Du musst da dreizehn Jahre alt gewesen
sein. Ich hörte von einem sehr jungen Mädchen,
welches mit anderen Mädchen von verschiedenen
Spezies auf einem Bordellschiff diente. Wir waren
acht Leute aus verschiedenen Ecken der Galaxie. Wir
alle waren vor den Devillaner auf der Flucht. Unser
Anführer war Sibol." bei diesem Namen horchten alle
auf. „Wir hatten von diesem Sklavenschiff gehört und
wollten diese Mädchen aus der Knechtschaft
befreien. Aber wir flogen auf. Kurz bevor wir das
Bordellschiff erreichten, stießen wir auf ein Zivilschiff.
Als wir näher kamen, eröffnete das Schiff ohne
Vorwarnung das Feuer. Wir hatten das von einem
Zivilschiff noch nie erlebt. Vielleicht sind wir verraten
worden. Ich weiß es nicht. Auf jeden Fall mussten wir

fliehen. Wir suchten einen Asteroiden auf. Dort trennten wir uns. Später erfuhr ich, dass fast alle meine Gefährten gefasst und ermordet wurden. Nur Sibol und ich nicht. Ich tauchte unter und nahm einen anderen Namen an. Ich veränderte auch mein Aussehen. Ich kannte einen Schmuggler, welcher mir ein paar künstliche Fühler an die Nase machte und noch einige andere künstliche Dinge an der Stirn und Ohren. Ich sah gar nicht mehr wie ein Mensch aus. Ich zog ein paar Jahre nun allein umher. Vor ein paar Wochen traf ich Sibol wieder. Er erzählte mir, dass ich weiterhin gesucht werde. Er nannte mir ein gutes Versteck in der Nähe eines roten Zwerges. Dort wurde ich in ein kleines schwarzes Loch gezogen und bin nun hier gestrandet."

Alle hörten gespannt zu. Corinna sah Onatah und Otekah an und sprach: „Ihr beide habt da einiges mitgemacht. Wir sind eigentlich mit zwei Aufträgen hierhergekommen. Wir sollten aufklären, warum unsere Marsstation angegriffen wurde und wo das irdische Raumschiff Oneida abgeblieben ist. Beides haben wir erfüllt. Zu unserem Unglück gibt es unser zuhause so nicht mehr. Uns hat auch dieser Sibol zu dem schwarzen Loch gesandt. Auch wir wurden hineingezogen und sind nun hier. Dieser Sibol, so denke ich heute, stand wohl im Auftrag von Lesharo, um uns zu beseitigen. Anders kann ich mir das nicht erklären."

„Tja, nun sitzen wir hier! Was machen wir nun?" fragte Onatah.

„Jetzt fliegen wir erst einmal zur Aminata." sprach
Corinna und informierte kurz Samantha, dass sie
zurück zu Aminata fliegen.

Die drei Frauen gingen langsam zur Landefähre.
Samantha erwartete sie schon. Die Landefähre hob
vom Mars ab. In der Aminata hatten Gabriel und
Saydala alles verfolgt. Sie machten die Aminata
startklar, während die Landefähre sich näherte. In der
Landefähre angekommen, entledigten sie sich erst
einmal ihrer Raumanzüge.

„So, nun machen wir uns erst einmal etwas frisch. Es
wird ein bisschen eng werden. Aber es wird schon
gehen. Saydala ist bei Gabriel untergebracht, Otekah
kann bei Onatah Quartier beziehen. Wir treffen uns
in einer Stunde zu einer Besprechung in der
Kombüse. Ich bekomme so langsam Hunger." sagte
Corinna.

„Das war ja klar. Hunger! Typisch Corinna!" meinte
Samantha und lachte.

„Ach du Hungerrippe. Also, bis dann." sprach Corinna
und ging in ihre Kabine.

Nach einer ausgiebigen Dusche und etwas Relaxen,
trafen sich alle in der Kombüse. Zu essen gab es nur
einfache Dinge. Sie mussten mit ihren Vorräten
haushalten. Man konnte zwar vieles durch Cloning
künstlich herstellen. Aber die Grundstoffe dafür
waren auch begrenzt. Es gab Hühnchen mit Erbsen
und Reis. Zu trinken gab es nur Wasser. Samantha
wollte nur Blumenkohl mit Reis. Man sprach beim

Essen über banale Dinge. Nach dem Essen nahmen alle in der gemütlichen Sitzecke Platz.

Corinna begann: „Ich weiß nicht, wie ihr das seht. Aber da uns der Weg in unsere Zeit versperret ist, bleibt uns wohl nur eines übrig. Wir müssen unsere Brüder und Schwestern bei der Stella suchen."

„Das denke ich auch. Unsere Vorräte sind begrenzt. Treibstoff haben wir auch noch. Wenn wir von deinem Schiff den Treibstoff und die Vorräte dazu nehmen, reicht es auf jeden Fall." sprach Samantha.

„Wir können von meinem Schiff alles hierher umladen. Das ist ja kein Problem. Beim Triebstoff müssen wir sehen, ob er kompatibel ist. Aber ich denke, dass sich das machen lässt. Wir können auch mal schauen, was auf dem Schiff von Lesharo zu finden ist." meinte Otekah.

„Könnten wir nicht auch ein paar Notrationen von der Marsstation mitnehmen. So als Reserve?" fragte Onatah.

„Warum nicht. Gute Idee!" sprach Corinna.

„Und was ist mit dem Schiff TERRA 11?" wollte Gabriel wissen.

„Sam, wie lange brauchen wir bis zur Stella?" fragte Corinna.

„Mit unseren Energiereserven brauchen wir noch zehn Monate." antwortete Samantha.

„Gut. Hört sich doch nicht schlecht an. Also, Gabriel und Saydala fliegen zur Marsstation und holen Vorräte. Onatah und Otekah holen die Vorräte von

Otekah und Lesharo sein Schiff. Samantha und ich bereiten den Flug zur Stella vor. Alles klar?" Corinna schaute in die Runde.

„Eye, eye Käpt'n!" rief Samantha. Die anderen nickten.

Alle machten sich ans Werk. Nach sechs Stunden waren alle Vorräte herangeschafft. Nachdem alles verstaut war, trafen sich alle auf der Brücke. Der Flug zur Stella war vorbereitet, es konnte losgehen. Das Ziel war klar. Samantha gab den berechneten Kurs ein. Die Triebwerke wurden gestartet. Alle Augen waren nun auf Corinna gerichtet. Sie sollte den Start freigeben.

Corinna sagte nur: „Liebe Freunde, fliegen wir zur Stella. Fliegen wir zu unserer neuen Heimat."

Was erwartet Corinna, Samantha, Otekah, Onatah, Saydala und Gabriel in der neuen Heimat? Wie werden Sie dort aufgenommen?

Ein neues Abenteuer

Star Adventure 4   Die Gefangenen von Elpis

Die bisherigen Abenteuer von Corinna und Samantha:

- **Star Adventure GAIA**

- **Star Adventure 2 Irrflug ins Ungewisse**

Und demnächst

Star Adventure 5 Die Pforte zur Unendlichkeit